薬草茶を作ります
お腹がすいたらスープもどうぞ
2

登場人物
紹介
シェントロッド
王都から赴任してきた王国守護軍警備隊長。リーファン族のため長寿。乱れていた界脈流も改善してきた。
ペルップ
レイゼルの薬学校時代のクラスメイト。温泉好きで有名なトラビ族。怖いもの知らずな性格をしている。
レイゼル（レイ）
超虚弱体質だが、子どもの頃から薬草に詳しい。王都で薬学を学んだのち、故郷で薬草茶のお店をはじめた。

ベルラエル
シェントロッドの元上司。仕事はできるが、気に入った人間族に執着する悪癖がある。
ルドリック
アザネ村の村長の息子。兄貴肌で非常に面倒見が良い。
トマ
レイゼルの幼馴染み。計算が得意。商家に引き取られ、跡継ぎとして勉強中。
リュリュ
レイゼルの幼馴染み。隣村の果樹園に嫁ぐことが決まっている。

目次

第一章　隊長さんのおかげ　～春爛漫のお花見スープ～

事故の一報が入ったのは、あぜ道に春の花が咲き乱れ、森に仔をつれた動物たちが姿を現し始めたころだった。

アザネ村から北の谷を挟んだ向こうにあるハリハ村は、火脈鉱などいくつかの鉱石の採掘を生業にしている。ロンフィルダ領の一部だ。

そこで、落盤事故が起こった。

「……ちっ」

木材で補強された坑道の入り口をのぞき込むと、いくらも進まない場所がすっかり埋まってしまっている。シェントロッドは思わず舌打ちをした。

フィーロ市にいた彼は知らせを受け、一人で水脈を通って先行してきたのだ。

（鉱山の見回りはしていたが、もし俺が万全の体調なら、鉱脈もくまなく通り抜けて確認していたものを。そうすれば、小さな異変にも気づけたかもしれない）

振り向くと、村の警備隊の人々がいて、怪我人の救助や行方不明者の確認をしている。

「ソロン隊長、中に四人、閉じこめられているようです」

「そうか」

（これが表出している界脈（かいみゃく）なら、簡単に助け出す方法があるんだがな）

彼は奥歯を噛み締めたが、できないことを考えても仕方がない。

彼は、坑道の入り口から少し脇にずれた。山肌に片手を当て、目を閉じる。

触れた場所の岩の感触が、明瞭になった。

シェントロッドはそこから、山の中へと意識を伸ばしていく。鉱脈を探り当てたら、それをたどってさらに奥へ。

一瞬、火脈鉱の鉱脈をかすめた。枝分かれしたそちらへと不用意に突っ込むと、熱にやられる。気をつけなくてはならない。

回り込んだその先に、かすかに生き物の気配があった。

（……行けるか？）

すっ、と引き寄せるように意識をたぐり寄せ、彼は目を開いて山肌を見上げた。

（いや、行くしかない。閉じこめられている場所によっては中の空気が持たないかもしれないし、ここの鉱脈について確実に頭に入っていて、すぐに動ける界脈士（かいみゃくし）は俺くらいだ）

「おい、誰か」

呼ぶと、警備隊の一人が駆け寄ってきた。

「はい！」

「俺はこれから、生存者の確認のために鉱山に潜る。その間に警備隊の隊舎へ行って、界脈図を調べろ。ハリハ村の図を作成したリーファンの界脈士が誰なのか書かれているはずだ、突き止めてくれ」

「界脈士、ですか」

「そいつなら、ここの鉱脈について詳しいはずだ。もし俺が陽が落ちるまでに戻らなかったら、次はその界脈士に鉱山内部の調査を頼め。ここからなら、まずゴドゥワイトに使いを出して、そこから王都の界脈調査部に連絡するのが早いだろう」

「は、はい。ええと、界脈図を見て界脈士を調べ、ゴドゥワイトのリーファン族経由で王都に連絡してもらう……ですね」

「そうだ。頼んだぞ」

そう言うなり、シェントロッドは再び山肌に触れ――

次の瞬間には、彼の姿は消えていた。

光の玉と化したシェントロッドは、鉱脈、山の中を流れる水脈、そしてより曖昧な存在である界脈を通り抜けて、鉱山の奥へと向かった。

先へ進むにつれ、まるで岩肌にこすれて削り取られるかのように体力を消耗する。本調子の時なら、ここまでにはならないのだが……

幸い、先ほど感じた生き物の気配が現れるまで、それほど時間はかからなかった。すぐにそちらへと向かう。

ふっ、と開けた空間に出た彼は、思わず一歩二歩と前に出てから膝をついた。

「わっ、な、何だ⁉」

暗闇の中から声がする。

「……守護軍警備隊だ。生きてるか？」

シェントロッドは軽く頭を振りながら、顔を上げる。

そこは坑道ではあったが、前後がすっかり埋まり、せいぜい馬車二台分ほどの空間しかなかった。

シェントロッドはある程度は暗くても見えるが、人間族には彼が見えていないはずだ。

「その声は、ソロン隊長ですか⁉　ああ、助かった、ここに四人います。一人、足を怪我していて」

「灯りはどうした」

「ありますが、空気が悪くなるので消していました」

「そうか。待て、今、脱出できそうな場所を探す。道具はあるな？」

「はい！」

金属音。男たちが、ツルハシなどの道具を手にしているのがうっすらと見える。

シェントロッドは再び山の『中』の様子を読んだ。崩れやすい場所を避け、空間に繋がる場所を探す。

「……坑道がどう走っているかは、頭に入っているな」

「はい！」

「入り口に近い南側は、おそらくどこを掘っても崩れる。だがお前たちは幸運だ、北東と北西方向に比較的岩質の柔らかい場所があるし、それぞれ、坑道らしき空間に繋がっている……北西の方がやや近いが、かなり狭い」

「北西の坑道は広かったはずですが……もしかしたらそっちも、今回の落盤が連鎖して埋まってるのかも」

「危険だな。なら北東か」

　正直、シェントロッドの界脈を読む能力も、あまり長くは保たない。消去法で、抜けられそうな場所だけ確認できるならありがたい。

「……よし。北東方向に少し掘れば、真東に伸びる坑道に出る。そこから南に折れる道に抜けられる」

　よしきた、と男たちが気合いを入れ、ツルハシを構えた。

「向こうからも掘らせて繋げる」

　シェントロッドは指示を出すため、いったん外へ脱出した。

　シェントロッドは鉱山の中と外を行き来して指示を出し、途中からは視界のきかない中の人々のそばに留まって、方向の修正指示を出した。

　両方から掘り進めた道が出合い、ようやく全員が鉱山の外に出られた時には、空はすっかり茜色に染まっていた。

「ああ、無事だったか！」

「よく戻った！」

わっ、と外で待っていた村人たちが沸く。

「隊長、ありがとうございました！」

「しばらく出ておいでにならないので、もうゴドゥワイトに使いを出そうかと……あっ、大丈夫ですか？」

近くの岩に座り込むシェントロッドに、隊員が声をかける。

彼は軽く手で空間を払った。

「いいから、怪我人の手当てを。他の生存者もだいぶ弱ってるぞ」

（くそ、頭がガンガンする。こう何度も鉱脈を通り抜けるのは、まだキツかったか）

シェントロッドはしばらくそこでじっとしていたが、結局、隊員を呼んだ。

「おい、肩を貸せ。川まで連れて行け」

「川、ですか？」

「川から移動する方が楽なんだ。俺は戻って休む」

「はいっ」

しかし、背の高いリーファン族に人間族が肩を貸したところで、正直歩きにくいだけである。

気の利く隊員が杖になる太い枝を探し出してきて、シェントロッドはそれにすがるようにして山道を降りた。

（くそっ、情けない……）

朦朧とする視界に、橋と、その下を流れる川が映る。

シェントロッドは橋を途中まで渡ると、手を緩めて杖を手放した。そして、そのまま手すりのない橋から足を踏み出し――

後は、重力に身を委ねた。


ドスン、という音に、食器の片づけをしていたレイゼルは振り向いた。

春とはいえ、陽が落ちると冷える。薬草茶の店の扉は、冷気が入らないようにすでに閉ざしていたのだが、その扉の脇に何かぶつかったようだ。

「どなた？」

声をかけながら、扉を手前に引く。

店から漏れる明かりが、戸口脇の壁にもたれた大きな身体を照らし、不気味に陰影をつけた。白い顔に長い髪は、昔話に出てくる幽霊のようだ。

シェントロッドだった。

「た、隊長さん……？」

レイゼルは目を丸くした。

現在、週に一度のペースで薬草茶の店に通っている彼である。今日は来る予定はなかったはずだ。

それに、いつもならもう少し早い時間に来る。

「どうなさったんですか？」

「………」

シェントロッドは黙ったまま、レイゼルを押しのけるように店の中に入ってきた。

「？」

レイゼルは扉を閉め、急いで彼の前に回り込んだ。

店内はランプの灯り一つとはいえ、彼の顔がそれなりに見える。普段から彼の体調に気をつけているレイゼルは、様子がおかしいことに気づいた。

「隊長さん、具合が……わっ！」

シェントロッドはそのまま、ベンチに転がるようにして倒れ込んでしまった。

レイゼルは一瞬迷ったものの、おそるおそる片手を伸ばし、彼の首筋に触れた。

「熱っ……」

界脈流を読まれないように短時間触れただけだが、それでもわかる。彼は高熱を出していた。脈も速い。

「大変」

レイゼルは急いで行動を開始した。

長身の彼の足は、ベンチから盛大にはみ出している。そこで、とにかく楽な体勢をとらせようとベンチの横にスツールを並べて置き、ブーツを脱がせ、必死で片足ずつ抱え上げ、身体がまっすぐになるようにした。

　裏口から菜園に飛んでいき、薬草を摘む。

「キバク草、サシーシの実、バシュ草」

　つぶやきながらすべて摘む。身体にこもった熱を冷ます薬草類だ。駆け戻り、鉢に入れてすり潰し、布に塗りつけて湿布を作る。

「失礼しますね」

　シェントロッドの軍服の前をくつろげる。無駄なところのない、すらりとした身体だ。

　自分よりも白い肌が目に入った時、瞬間的に「あっ、これ丁寧に扱わないといけない」と彼女は思った。

　例えば、触れたら消えてしまう雪の結晶や、角度を少し変えただけで見えなくなる虹色の光の屈折――そういったものを連想したのだ。

「意識がないみたいだし、もう、しっかり触っちゃえ」

　開き直ったレイゼルは、太い血管のある首もとと脇にぴったりと湿布を貼り付けた。そして服を軽く直すと、寝室から上掛けを二枚持ってきて、彼にかける（もちろん、一枚だと足がはみ出してしまうからである）。

「次は薬草茶だわ」

　寝室に駆け込み、本棚から薬学校時代の帳面(ノート)を引っ張り出した。

　毎日飲む薬草茶はさすがに調薬の仕方を暗記しているが、こんな状態のリーファン族に飲ませる薬草茶を調合するのは、学生時代以来である。

「何があって、こんなに熱が出たのかしら。リーファン族は界脈の影響を受けやすいけれど……」

作業台に戻り、ランプの下で文字を追っていたレイゼルは、声を上げた。

「……あっ。サキラ……！」

唇を噛む。

紫色の根が薬効を持っているサキラは、傷ついた身体の内部を癒す効果がある。

リーファン族には特に効き目があり、以前シェントロッドがゴドゥワイトから持ち帰ったものを少しずつ使っていたのだが……

「使い切ったばかりだわ、どうしよう」

つぶやきながら、ベンチを振り向く。

「……しょうがないよね、何か代わりのもので作るしかないか。私からも追加注文させてもらえばよかったな、ゴドゥワイトのサキラ」

その瞬間――
ぴくり、と、シェントロッドの耳が動いた。

「あ、隊長さん？」

レイゼルは急いで、ベンチのそばに行く。

彼のまぶたが持ち上がり、うっすらと目が開いた。熱に潤んだ緑の瞳が、ランプの灯りにきらめく。

（まるで宝石みたい。綺麗……）

そんなことを思いながら、ゆっくりと聞いた。

「隊長さん、薬草茶の店に来てますけど、わかりますか？」

「……今……ゴドゥワイトと……」

「あ、はい」

レイゼルはうなずく。彼女のひとりごとが聞こえていたらしい。

「ゴドゥワイトが、どうかしましたか？」

聞くと、シェントロッドは妙にはっきりと、言った。

「王都への使いは、出したか？」

「つ、使い？？？」

「界脈調査部なら……界脈士がいるから……」

今度は苦しげに言う。朦朧としているらしい。

（何の話かはわからないけど、王都の界脈調査部のことよね。王都にいたころの夢を見てるのかしら）

そう思ったレイゼルはとっさに、返事をした。

「ソロン副部長、界脈士の手配なら僕がやります。ゆっくり休んでください」

「……ああ」

シェントロッドは目を閉じながらつぶやく。

「レイか。手配を、頼む」

「はい」


ふと——

チャンスではないかと、レイゼルは思ってしまった。

(今なら、あの頃のことを聞けるんじゃ……?)


そっとランプを遠ざけ、もし彼が目を覚ましてもこちらの顔がはっきり見えないようにしておいてから、そーっとベンチの脇にしゃがんだ。耳元に口を寄せ、ささやくように尋ねる。

「……副部長、どうして、僕に仕事を無茶ぶりするんですか?」

事情がある、と彼は言っていた。詳しいことを知りたい。

「ん……ああ」

わずかに、彼の唇の端が持ち上がった。レイゼルはハッとする。

(笑った……)

「お前に暇な時間を作ると、他のやつのところに行くじゃないか……」

「?」

『レイ』にとっては当たり前のことだった。界脈調査部で働いている身としては、手が空いたら他の隊員の手伝いをするべきだと考えていたからだ。

「レイは……ベルラエルの好みだからな……あいつは放っておくと、気に入った人間族をあの手この手で懐柔(かいじゅう)して……えげつないくらい執着……」

シェントロッドは眉根を寄せ、ぼそぼそと続ける。

「レイが故郷に帰れるよう、三年間、守るのは……結構、骨だった……なのに、あいつ、アザネに帰るなんて嘘を……」

すーっ、と、呼吸が深くなった。眠ったようだ。

「……嘘……」

レイゼルは立ち上がりながら、声を押さえ込むように口をふさいだ。

(助けてもらったのは、ベルラエル部長に夕食に誘われた時の、あの一回だけじゃ、なかった？)

思い起こせば、シェントロッドとベルラエルの二人との初対面。

ベルラエルがレイを助手にしようとしたのをシェントロッドが阻止し、強引に彼の部屋にレイを連れて行ったのだ。

基本的に、いつも界脈調査部に到着してから下宿の門限ギリギリまで働いていたレイだが、初対面の後の数日は違った。多少余裕があって、ベルラエルに「手が空いてたらこっちも手伝ってちょうだい」と声をかけられたような気がする。

（でも、すぐに隊長さんに仕事を言いつけられて、結局ベルラエル部長の部屋には行かなかった。仕事は私を行かせないため？　三年間、最初から最後まで、守ってくれていたの？）

『いつかもし、また会うことでもあれば、この借りは返してもらおう。そうだな、また俺の下で三十年は働いてもらうか』

（そ、そりゃ三十年って言うわ、十倍が普通なら……！）

ずどん、と音を立てそうな勢いで腑に落ちた、レイゼルである。

（ベルラエル部長がどうえげつないのかはわからないけど、とにかく相手を丸め込むのがうまい方だった。もし隊長さんがいなかったらどうなってたことか！）

そのシェントロッド・ソロンが、ベンチの上で低くうなっている。額に汗がにじんでいるのに気づき、レイゼルはあわてて手ぬぐいを絞ってくると、軽く押さえるようにして拭いた。

さらに、よいしょと彼の頭を抱え上げ、カップの水を飲ませる。

彼の頭を戻すと、レイゼルは立ち上がった。

「待っててくださいね、今、薬草茶を作……」

言いかけて、サキラがないことを思い出す。

「ああーないんだってばー、どうしよう。でも……うん」

一度、視線を遠くにやってから、再びシェントロッドを見下ろした。

鼻筋の通った顔は、いつもよりさらに白い。耳が力なく垂れている。

(何か、してあげたい)

きゅっ、と唇を引き結んだレイゼルは、奥の私室に入った。

レイゼルの私室は、ベッドに書き物机、チェスト、そしてコートかけのある小さな部屋だ。入ってすぐのところにあるコートかけから上着と帽子をとって身に着け、マフラーを巻く。

店に戻ると、ランプの火をもう一つのランプに移した。念のため、ボードに紙をとめて、そこにこう書きつける。

『夜ですが、薬草を取りに行っています』

誰かが来たら見えるように、ボードを作業台の壺(つぼ)に立てかけた。ミトンをはめ、カゴを腕にかけ、もう片方の手でランプを持つ。

一度、シェントロッドを振り返った。

「サキラ、採りに行ってきます」

ふん、と鼻息をひとつ。

レイゼルは、外へと足を踏み出した。


星空の下、レイゼルは歩く。

アザネ村の南にある薬草茶の店から、店や家々の多い北部へ。

大通りにたどり着くと、突き当たりを左に折れた。果樹園を通り過ぎると、人家もまばらになってくる。

小川にかかった橋を渡った。前方に、黒々と森が見えている。

（ああ……ここに来るのは十三年ぶりになるんだ……）

レイゼルは思った。

勝手に、歩みが遅くなる。

意識して、足を前へ前へと運ぶ。

（立ち止まったら、進めなくなってしまう。歩け。少しずつでも、前へ）

息が切れ、少しめまいがする。しかし、レイゼルはよたよたと、歩き続けた。

一瞬、誰かについてきてもらえばよかったかもしれないと思ったが、軽く頭を振って思い直す。

一人で向かうべき場所だ。


やがて、森の中、少し開けた場所に出た。そこで彼女はようやく、足を止める。

手前に小さな薬草畑、そしてその向こうに、ツタの絡まる黒焦げの廃屋（はいおく）。

レイゼルと、養母エデリがかつて暮らした家だった。

（優しかったはずのお母さん、幸せだったはずの私……）

全てが虚構だった家を、レイゼルは自らの手で焼いて、葬ったのだ。

自分を落ち着かせようと、レイゼルは深呼吸をする。

一瞬、煙の匂いが鼻をついたような気がしたが、すぐにその幻覚は過ぎ去った。森の湿った土の匂いが、肺を満たす。しんと静まりかえった冷たい空気の中、かすかに虫の声がする。

「ここの裏に……わっ」

焼け跡を回り込もうとして、土手の落差を読み間違えた。ガクッと膝が折れ、落としそうになったランプをあわてて握り直す。

「こんなに落差が小さかったっけ……なんだか昔と違う」

身体の大きさが違うのだから当たり前のことなのだが、レイゼルは少し気持ちが軽くなるのを感じた。

(昔の私とは、違うんだ。今の私は、ちゃんと、本当に幸せ。だから大丈夫)

彼女は裏の畑を見回した。

そして、厚みのある毛の生えた葉に白い花の、その植物を見つけた。

「あった。サキラ！」


その日の夜半過ぎ、アザネ村の警備隊隊舎に、薬草茶の店の店主レイゼルが現れた。

紫色の根の入ったカゴを手に提げた彼女は、当直の隊員たちにシェントロッド・ソロンが彼女の店に来ていることを告げた。行方不明の彼を捜していた隊員たちは、胸を撫で下ろした。

レイゼルはハリハ村で起こった落盤事故の話を聞き、さらにシェントロッドが鉱脈に潜った話を聞くと、「全くもう、無理をするから」とつぶやく。

隊員は彼女を馬に乗せ、店まで送った。そして、シェントロッドがベンチでうなっているのを確認し、隊舎に連れ戻ると申し出た。レイゼルが彼を苦手としているのを知っていたし、ここは診療所ではない。

しかし、彼女は少し疲れた様子ながらも、こう言った。

「リーファン族に効く薬草茶を作って飲ませるので、明日また来てください」

それならば、と、隊員は少し気にしつつも、薬草茶の店を後にした。

（いい匂いがする）

ゆっくりと、まぶたの裏が明るくなっていく。

（この匂いは……そうだ、いつも薬草茶の店に満ちている、あの匂い）

シェントロッドは、目を開いた。

天井の梁（はり）が目に入る。視線を巡らそうと顔を傾けた瞬間、彼は「うっ」とうめいて目を閉じた。

頭がガンガンする。

（そうだ、落盤事故に遭った鉱山の男たちを外まで導いていたら、どうにも気分が悪くなって……もうそろそろ鉱脈はいけるかと思ったんだが無理だったか。その後、川に向かった記憶はあるんだが）

もう一度、慎重に目を開くと、窓からの薄明かりが作業台やかまどを照らしている。

(朝になっている。……無意識に、薬草茶の店にたどり着いたのか)

今度はゆっくりと頭を巡らせ、シェントロッドはハッと息をのんだ。

薬草棚にもたれるようにして、目を閉じたレイゼルがうずくまっている。

「……店主」

かすれた声しか出なかったが、シェントロッドは肘をついて上半身を起こした。

めまいがしたが、どうにか動けそうだ。服の中がもぞもぞすることに気づき、反射的に手で探ると、布のようなものが脇と首に貼り付いている。

(湿布……俺は熱を？　店主が俺の看病をしたのか)

しかし、そもそもここの店主は虚弱体質で、むしろ本人が看病されることの多い人物である。そんな彼女が、まだ冷える春の夜を土間にうずくまって過ごしたことになる。

裸足(はだし)のまま土間に足を下ろし、ふらふらと彼女に近づいて膝をついた。

「おい。店主、大丈夫か」

ゆっくりと、かすかに上下する肩。

——眠っている。

見れば、レイゼルは上着にマフラー姿だった。どこか外に出かけた後、そのままの格好らしい。

(薄着でなくて命拾いしたな)

まさに命に係(かか)わる。

作業台の上に、まだ洗われていない土瓶とカップがあった。ミトンが落ちているところを見ると、帰宅してからコートを脱がないまま、ミトンだけ外して薬草茶を煎じたのかもしれない。覚えていないが、おそらくシェントロッドが飲んだのだろう。

「店主。部屋で寝ろ」

シェントロッドは手を伸ばし、彼女の肩を片腕で引き寄せた。

「……ん」

吐息とともに、声が漏れる。

何の抵抗もなく、彼女は彼の胸にもたれてきた。自然と崩れた足の、膝裏にもう片方の手を入れ、シェントロッドは彼女を慎重に抱いて立ち上がる。

(相変わらず、すぐ死にそうなほど軽いな)

彼女の部屋に連れて行き、ベッドに横たえた。

たまたま触れた彼女の手は、さすがに冷たい。

(大丈夫なのか?)

シェントロッドはふと、レイゼルの細い手を握った。

(界脈流を読み取れば、大体の体調がわかる。今の俺にできるだろうか。店主が心配でもあるし、どこまで治っているか試しがてら……)

目を閉じ、集中しようとした、その時。

彼の耳が、外の物音をとらえた。

（馬の足音……警備隊か？）

シェントロッドはレイゼルの手を離し、立ち上がった。

彼女に上掛けをかけると、部屋を出る。馬のいななきが聞こえ、誰かの足音が近づいてくる。

かたん、と扉が開き、そっとのぞいたのは、リュリュのそばかす顔だった。そしてそのすぐ後ろから、アザネ村の警備隊員の若者。

「あっ、ソロン隊長」

「ああ……リュリュ、か」

ベンチに腰かけたシェントロッドは、軽く片手を挙げた。

リュリュはサッと店の中を見回す。

「レイゼルがソロン隊長の看病をしてるって聞いて、あの子が倒れかねないと思って、一緒に馬に乗せてもらってきたんです。レイゼルは？」

「奥だ」

答えると、彼女は一目散にレイゼルの私室に飛び込んでいく。

若い隊員は、シェントロッドを見て笑顔になった。

「よかった、隊長、起きられるようになったんですね！　昨夜はひどい熱だったので、心配しました」

「そうだったのか」

「覚えてないですか？　隊長、一人で薬草茶の店に来て、倒れてしまったそうですよ。レイゼルが夜中に知らせに来たんです。それで彼女とここに来てみたんですが、リーファンの薬草茶を作って隊長に飲ませるから、明日迎えに来てくれと」

「…………」

シェントロッドは視線を巡らせ、そして気がついた。

作業台の上に、ボードが立てかけられている。

『夜ですが、薬草を取りに行っています』

そしてその横に置かれたカゴの中には、紫色のもじゃもじゃした根。

(サキラだ。……もしかして、一人であの場所へ行ったのか)

彼は思わず、レイゼルの部屋の方を振り返る。

(前に、あの場所の話をした時、様子がおかしかった。彼女にとって忌まわしい記憶のある場所だったと知って、納得したものだが……そこへ、俺のために)

抱き上げた時の、消えてしまいそうな軽さが、腕に残っている。

部屋からは、リュリュの声が聞こえてくる。シェントロッドは長い耳をピンと張って澄ませた。

「目が覚めた？　ああもう、やっぱりあんたも少し熱がある」

「……隊長さんは……？」

レイゼルの小さな声が尋ね、リュリュが「大丈夫よ、起き上がってた」と答えると、ホッとしたような吐息が聞こえた。

「隊長、ここは狭いでしょう」

隊員がシェントロッドに話しかけてくる。

「隊舎に戻られた方が……。薬草茶は、後で俺がレイゼルに調薬してもらって届けますから」

「ああ」

シェントロッドは立ち上がった。

ここは入院設備のある診療所ではないし、レイゼルも休まなくてはならない。

「一応、馬も連れてきましたけど」

「水脈——川で大丈夫だと思う」

「そうですか、じゃあ先に隊舎にお戻りになって休んでください。本部とハリハ村には知らせを出してあります」

シェントロッドはうなずいてから、一度、奥の部屋に近づいた。

開いたままの扉を軽くノックしながら、中をのぞき込む。

リュリュが振り向き、そしてベッドの中でレイゼルの黒髪の頭が動いた。

「店主」

ゆっくりと近寄ると、灰色の瞳が彼を見上げる。

「隊長さん」

「昨夜は済まなかった。助けられたたな」

シェントロッドは礼を言い、彼女をじっと見つめた。

レイゼルは、少しぼうっとしているようではあったが、まっすぐに見つめ返してくる。

いつもは身長差もあり、またレイゼルがあまり彼とは目を合わせないようにしていたので、お互い、こんな風に見つめ合うのは初めてだった。

シェントロッドは何となく、彼女との間の空気が変わったことを感じた。

「……また来る」

シェントロッドが言うと、レイゼルは小さくうなずき――微笑んだ。


シェントロッドが隊舎に帰って行った後、しばらくして、薬草茶の店に村長ヨモックとルドリック、医師のモーリアンがやってきた。

「レイゼル、ソロン隊長の看病をしたんだって？　大変だったろう」

ヨモックが心配そうに言えば、モーリアンは軽く胸を叩く。

「私も一度、ソロン隊長を診に行くから、後は任せなさい。注意点があれば教えてくれるか？　あ、薬草茶があるなら届けよう」

「はい、あの」

起き上がっていたレイゼルは、リュリュを含む全員の顔を見回した。

「その前に、聞いてほしいことがあるんです」

「そ、それって、つまり」

リュリュが絶句した。

しかし、すぐ後をルドリックが身を乗り出しながら続ける。

「ソロン隊長がいたから、レイゼルはアザネに無事に戻ってこれた、ってことになるじゃないか！」

「うん」

レイゼルは申し訳なさそうに身体を縮こめる。

「私が鈍くて気づかなかったせいで、隊長さんを悪者扱いしてしまっていたの。本当は、恩人だったのに」

「いや、その様子だと、向こうもレイゼルにわからないようにレイゼルを守ったようだから仕方ない。しかし、こうなると話は別だ」

ヨモックは眉根を寄せて顎を撫でる。

「知っていたら、隠し事などしなかったのに」

「で、でも、三年間ずっと人間族の少年を気にしてたっていうのも、別の意味で心配だし」

リュリュはもごもごと言ったが、レイゼルが彼女をじっと見つめると、ふいと視線を逸らして言った。

「……ごめん。素直に認めないとね。ソロン隊長は、レイゼルの味方だって」

「うん」

レイゼルが微笑む。

「初めて会った時から、怖くて苦手だったけど、まさかそんな風に助けてくれていたなんて。私、少しでも、恩返ししなくちゃ。せめて前みたいに、毎日薬草茶を作ってあげられればと思ったんだけど……ねぇ、ルドリック」

「あ？」

話を振られたルドリックが首を傾げると、レイゼルは聞いた。

「隊長さんがどうして急に週に一度しか来なくなったか、もしかして、知ってるんじゃない？」

「えっ……な、なんで、俺？」

「だって、隊長さん、変なこと言ってた。隊長さんを呼んだら来てくれるって話、ルドリックが教えてくれたんだったよね？　その話をしたら、『恋人』が納得した上でなら来るようなことを言われて……」

「それは」

気まずそうにルドリックがちらりと動かした視線、その向かう先を、レイゼルは見逃さなかった。

「……リュリュ？　あっ、リュリュも何か知ってるのね⁉」

「あーもうっ、わかったわよっ」

リュリュは顔を真っ赤にして立ち上がった。

「あたしが隊長に嘘をついたのっ！　レイゼルには恋人がいるって匂わせて、他の男にあまり入(い)り浸(びた)られると困る、って風に！　だってレイゼル、あの人に来てほしくなさそうだったから！」

「お、俺も、それに乗りました……すまん」

「リュリュ、ルドリック」

レイゼルは泣き笑いのような顔になった。

「ごめん……それも私のせいだね」

「ううん、あたしが勝手にやったのよ。だから、ちゃんと本当のこと言うわ。……お嫁に行くまでには」

尻すぼみにぼそぼそと言うリュリュに、ヨモックが笑う。

「もうあと二十日もないぞ、リュリュ」

「ねぇリュリュ、嘘をついた理由も言うの？　私が隊長さんを避けてたからだって」

レイゼルは困り顔になった。

「そうしたら、『レイ』だったことも言わないといけないよね」

「それは言わなくていい！」

ルドリックとリュリュの声が揃った。

「父さんが書類操作しまくったこともバレるし、村人全員で口裏合わせしてたこともバレるし」

「そうよっ。いいじゃない、レイゼルはレイゼルなりにソロン隊長に恩返しするんでしょ？　人間族なりの感謝の仕方で十分！」

「う、うん」

後ろめたいながらも、レイゼルはうなずく。

『レイ』がリーファン王軍の機密書類を見てしまっていることもあり、やはり本当のことは言い出せそうにない。もちろん、悪用したことも、これからする気も、欠片もないにせよ。

「とにかく、恩返し、頑張ることにする」

そしてその日はひとまず、レイゼルが調薬した薬草茶を携えたモーリアン医師が警備隊隊舎を訪れ、シェントロッドにこう伝言したのだった。

「レイゼルが、いつでも薬草茶を飲みに来てくれと言っていましたよ」

そうして――
リュリュの嫁入りの日がやってきた。

隣村からリュリュの夫となる若者が迎えにやってきて、アザネ村で宴会。それからリュリュと、その親代わりになる果樹園の主(あるじ)夫妻や村長が男性の方の村へいって、そこで結婚式になる。

宴会は、果樹園で行われた。設置されたテーブルには数々のご馳走(ちそう)が並び、満開のムムの花があたり一面を薄紅色に染めている。

リュリュの夫は、少しとぼけた雰囲気が特徴的な、穏やかそうな若者だった。リュリュが何か話しかけるのを、ウンウンと優しくうなずきながら聞いている様子が、とても微笑ましい。

レイゼルが、彼のどんなところが好きなのかリュリュに聞いてみると、リュリュは照れ隠しにむっつりした顔をしながらも、ぼそぼそとこう答えていた。

「なんか、ずっとしゃべってられるのよね……彼とは」

今日のリュリュは、黒のベストに赤のスカートという民族衣装に、白い布をかぶり、その上に花冠をつけている。薄化粧した彼女は、とても可愛らしかった。

シスター・サラは、

「あのいたずらっ子だったリュリュが」

とポロポロ涙をこぼし、過去の所行は言わなくていいから！　とリュリュに止められ、その脇でミロがゲラゲラ笑っている。

そして、そんな雰囲気の中、レイゼルが泣かないわけがない。

「リュリュ……ふ、うくっ、ううう」

ぼろぼろと大粒の涙をこぼすレイゼルに、リュリュは駆け寄る。

「ああもう、やっぱりこのハンカチを使うのはレイゼルになったわね」

レースの縁取りのあるハンカチの紅色を、染みた涙が濃く変えた。

レイゼルはかろうじて、言う。

「わ、私、遊びに行くね」

「待ってるわ。あたしも、機会があったらなるべく帰るから。さ、泣くのはやめて？　熱が出ちゃう。……ねえレイゼル」

「なに？」

「ソロン隊長のところに行くわ。付き合って」

リュリュとレイゼルは手を繋いで、母屋（おもや）の方に歩いていった。

隣村の村長と何か話していたシェントロッド・ソロンが、二人に気づく。すでに、落盤事故の時に崩した体調もすっかり回復していた。

彼は隣村の村長に「失礼」と断りをいれ、二人に向き直った。

「リュリュ。リーファン族を代表して、俺からも祝福の言葉を贈ろう。リュリュとその新しい家族に界脈の恵みがあるように。末永く幸せに暮らせ」

「ありがとうございます。……あの、ソロン隊長」

リュリュが口を開きかけた時——

レイゼルが、ずいっと一歩、前へ出た。

「隊長さん、あの、リュリュが勘違いをしてしまったんですって！」

「勘違い？」

シェントロッドが片方の眉を軽く上げ、リュリュが「えっ」という顔でレイゼルを見る。

レイゼルは、リュリュの手をギュッと握ったまま、続けた。

「私とルドリックが恋人同士だと、思いこんでしまったらしいんです。そんなんじゃないんですけど。それで、私とルドリックのために他の男の人を遠ざけようとして、隊長さんにも薬草茶の店にあまり来ないように言ってしまったって。ね、リュリュ」

きゅっ、と、レイゼルの手がもう一度、リュリュの手を握りなおす。

「そ……ええと……そう、なんです。ごめんなさい」

リュリュがぺこりと頭を下げた。

シェントロッドは軽く肩をすくめ、淡々と答える。

「そうか。わかった」

「だから、あの、遠慮なくいらしてくださいね」

レイゼルは、えへへ、と笑った。

そこへ、果樹園の主人が「リュリュ！」と呼ぶのが聞こえた。そろそろ宴をお開きにするようだ。これから出発するリュリュたちが、暗くなるまでに婚家に着けるようにという配慮だった。

「ソロン隊長、あの……レイゼルを、よろしくお願いします」

リュリュははっきりとそう言うと、レイゼルに向き直った。

「あたしが言うのも変だけど、ソロン隊長と仲良くね」

「な、仲良く？？」

「それとあたし、ハンカチのお礼に——あぁ、ううん、今はやめとく」

何やら言いかけたリュリュは、ちょっと照れたような笑みを見せ、手を離すと足早に戻っていった。


見送ったレイゼルは、かたわらに立つシェントロッドを見上げる。

「隊長さん、あの」

するとと、シェントロッドも彼女を見下ろしていた。

「店主。俺も用があった」

「えっ、何ですか」

「お前が先に言え」

何となく、譲り合う。

結局、シェントロッドの視線の圧力に負けて、レイゼルが先に口を開いた。

「ええと……今日はお酒をかなり飲んだと思うので……店で薬草茶をお作りしましょうか」

すると、シェントロッドは軽く眉を上げた。

「ああ……助かる。俺も、店まで行くつもりだったんだ」

「そうなんですか？」

「さっきさんざん泣いていただろう。お前は気持ちが乱れると熱を出すらしいから、途中で行き倒れて死にそうだと思った」

表情を変えずに言うシェントロッドに、レイゼルはひとこと、反論する。

「そ、そんなに簡単には死なないです！　……たぶん」

自信なさげな反論である。

とにかく、レイゼルはすぐに表情を和らげた。

「でも、送ってくださるんですか、ありがとうございます」

「ああ」

シェントロッドは短く答え、花嫁と花婿の方を眺めた。

やがて、花嫁と花婿は馬に乗り、付き添いの人々を引き連れ、ゆっくりと出発した。

「レイゼル！　またね！」

リュリュが涙声で手を振る。

レイゼルは、大通りの終わり、村の外れまでついて行き、力一杯、手を振り返した。そして、行列が見えなくなるまでそこに立ち尽くしていた。


――やがて彼女が気づいた時には、シェントロッドだけがすぐ近くの木にもたれて待っていた。他の村人たちの姿は見えない。

「ああっ、ご、ごめんなさい！　お待たせして！　他の人たちは？」

「宴会場に戻った。夜まで飲み食いするんだろう。レイゼルを頼む、と言われた」

「え……」

レイゼルは目をぱちぱちさせる。

今まで、シェントロッドとレイゼルをあまり二人きりにしないようにしていた村人たちが、レイゼルをシェントロッドに託したのだ。

「なんだか、前と違うな」

シェントロッドもそれを感じ取ったようだ。

「今、少し、俺とお前たちが同じ種族であるかのような気分になった」

「ふふ」

レイゼルはシェントロッドに近寄り、笑いかける。

「お店に行きましょうか」

「ああ」

二人は並んで歩き出した。


畑の中の水車小屋までたどり着き、扉を開け、中に入ると――

「あれ？」

レイゼルは驚いて、またもや目をぱちぱちさせた。

入ってすぐのところにベンチがあり、向かいには愛用のスツールが置いてある。それはいつも通りだったのだが。

「椅子が増えたな」

シェントロッドが言い、レイゼルは思わず目をこすってから二度見した。

「隊長さんにも、そう見えますか？」

「お前が新しく置いたんじゃないのか？」

ベンチの向かいのスツールが、一つから三つに増えていたのだ。

増えた二つは両方とも、座面の中央に葉の模様が彫り込んであり、そして片方だけはずいぶん高さがある。そして作業台に、封筒が置いてあった。

レイゼルは戸惑いながら封筒を手に取り、中に入っていた手紙を開いて読んだ。

『小さかったレイゼルが、アザネ村で二十歳を迎えたお祝いに。リーファン族を含むお客が増えるかもしれないので使ってください。顧客一同。

追伸・スプーンはリュリュが作ったものです』

「スプーン……？」

すぐ横に目をやると、二本の木製スプーンが並べて置いてある。ややいびつで、一本は少し柄が長い。

「どうした」

シェントロッドに問われ、レイゼルは呆然と答える。

「私の、二十歳のお祝いだと……そうだわ、私、この春で二十歳だ。すっかり忘れてた」

人間族は、春になると年をひとつ重ねる数え方をする。

（でも、この高い椅子、それに長めのスプーンは……どう見ても）

レイゼルは、隣に立つシェントロッドの顔を見上げる。

「ん？」

無表情で見下ろしてくるシェントロッド。

（そうか、わかった。私のお祝いをしてくれるのと同時に、村の人たちが隊長さんにお詫びの品を用意したんだわ）

誤解が発端とはいえ、リュリュを筆頭に、村の人々はシェントロッドを怪しみ警戒し続けてきた。そんな必要はないと判明したものの、今もまだ彼らの事情で、レイゼルが『レイ』だったことを秘密にしている。

それで、大っぴらに謝罪やお礼をすることができず、この形になったのだろう。

リュリュだけ別の品になっているところを見ると、発案はリュリュで、彼女がスプーンを用意しているのを知った村人たちが「自分たちも何か」となったのかもしれない。

「すごいわ、いつの間に作ってくれたんだろう」

誤解が解けてから二十日も経っていない。その間によく……と、内心驚くレイゼルには気づかず、シェントロッドはうなずく。

「身体の弱いお前が今も元気に……元気かどうかはともかく、この村で過ごしていることを、村人たちは喜んでいるということか。もちろん、リュリュもな」

そして彼は、

「俺からも祝福を。長生きしろ」

と言って、ざっくりと祝った。

レイゼルは、涙に声を詰まらせる。

「ありがとう、ございます」

「おい。泣くな。熱が出る」

「だって、嬉しい。こんな……あの、こっちの椅子は、リーファンのお客さん用ですって。座って

みてください」

素直に座ってみたシェントロッドは、またうなずく。

「ちょうどいい高さだ。そのベンチは低すぎて、座りにくくてかなわなかった」

「よかった。みんな、喜びます……う、ふぇ」

「だから泣くなと……困ったな」

「ひぃいいん」


「今ごろ、椅子とスプーンに気づいてるかな」

果樹園の宴会にて。

プレム酒を飲んでいたルドリックがつぶやくと、前警備隊長のナックスが酔って赤くなった顔でガハハと笑った。

「いやいや、春のうちに渡せてよかった。これも、金物店が場所を貸してくれたおかげだ、ありがとよ」

すぐそばにいた、いつも寡黙（かもく）な金物店の主人が、黙ってうなずく。

金物店は村の大通りの真ん中にあるので、木工職人が急いで組み立てたスツールをそこに置かせてもらい、村人たちは通りかかるたびに店に入って、皆で毎日少しずつ、やすりをかけて仕上げたのだ。

雑貨店の主人がため息をつく。

「あの店で、ソロン隊長があの椅子と食器を使っているところを思い浮かべると、まるでレイゼルの夫のようだ」

「何しょんぼりしてんの。嫁にやったんじゃないんだから」

呆れるのはジニー。揚げ物店のノエラも笑う。

「そうよぉ、嫁に行ったのはリュリュでしょ。リュリュも自分でレイゼルに渡したらいいのにねぇ」

「リュリュはレイゼルのこととなると涙もろいので……。きっと、直接渡すと泣いてしまうと思ったんですよ」

シスター・サラがしんみりと言い、

「そもそも、この機会にこっそりレイゼルの店に置いてこようって話になったのも、たぶんレイゼルが泣くし、それを見た皆も泣くだろうって話からだろうが」

モーリアンが苦笑する。

「うう……レイゼル……リュリュ」

「あーほらほら、結局これだ」

「はい、飲み直し飲み直し！」

「だからあんたも泣くなって！」

「今頃レイゼルも泣いて、ソロン隊長が困っているかもな」

「あははは」

リュリュの結婚祝いの二次会は、笑いと涙の宴会になったのであった。

そして、リュリュのスプーンの使い初めの機会も、すぐにやってきた。

数日後、非番だったシェントロッドは、いつもそうしているように外をぶらぶらしていた。

月に一度くらいは湖の城ゴドゥワイトに出かけることもあるが、リーファン族の中でも界脈士は、町よりも界脈を感じられる場所にいることを好むのだ。特にシェントロッドは、森か水場にいることが多い。

そんなわけで、アザネ村の東の森を散策していたシェントロッドは、ふと足を止めた。

小川の岸辺、萌え出づる水辺の植物の鮮やかな緑の中に、大きな背負いカゴが置かれている。中にはヤマノイモが入っていた。

「…………」

耳をピンと張り、ぐるりとあたりの木陰を透かし見るが、誰もいない。

しかし意外にも、少し奥まった場所の上の方、シェントロッドの身長よりも高いところで、何かが動いた。

「あっ、隊長さん」

薬草茶の店の店主レイゼルが、木の上にいたのだ。太い横枝に伏せて、手も足も使ってしがみつくようにしている。

「……何をしている」

「収穫です、この木の若芽がいい薬草になるんです」

見れば、木の下にも小さめのカゴが置かれていて、その中や周囲に緑の葉が落ちていた。木の上で摘んだ葉を、カゴ目がけて落としているのだろう。

「わー、なんだか新鮮です、隊長さんを見下ろしてるなんて」

のんきなことを言うレイゼルを、シェントロッドは腕を組んで見上げた。

「必死にしがみついているようにしか見えない。俺が収穫してやるから降りろ、俺ならこのまま若芽に手が届く」

「あ、ありがとうございます、大丈夫です、もうだいたい……降りますね」

木の上、といっても長身のシェントロッドの頭よりやや高い程度だが、その枝から、レイゼルは後ろ向きにずりずりと後退し始めた。

しかし、枝にかけた足がズルッと滑る。

「わっ」

ぐるん、と身体が回転しそうになったところに、シェントロッドは大きく一歩踏み込み、スマートに彼女の腰のあたりを支えた。

「そのまま手を離せ」

「ひえっ」

「足も、離せ。足だけでぶら下がりたいか」

そんなことになったら、スカートが大事件である。あわてて言うとおりにしたレイゼルを、シェントロッドはストン、と地面に下ろした。

レイゼルはズバッ、とシェントロッドの手から抜け出して下がる。

「あ、ありがとうございます！」

ささっ、とエプロンとスカートの裾を直すレイゼルに、シェントロッドは少々呆れて言った。

「お前、寝込みがちな上に怪我までしたら、命がいくつあっても足りないぞ。……このあたりにはよく来るのか？　前もこの近くで会ったな」

「界脈が通っているのがわかったので。このあたりなら薬草も豊富ですし、私も疲れにくいかなと思って」

森の中で偶然行き合ったと思ったが、シェントロッドも界脈をたどって散策していたので、出くわしたのは必然といえば必然だった。

「これから帰るのか」

「あと一つ、ナフワ花を摘んだら帰ります」

「ナフワ花？」

「野菜なんですけど、花がつぼみのうちに食べるんです。種からは油も採れるんですよー」

若芽入りのカゴを背負ったレイゼルは、シェントロッドを見上げてにこりと笑った。

「摘んで帰って、お花のスープにしようと思って。隊長さんも召し上がりますよね？」

「うむ」

スープに関しては素直に、かつ速やかにうなずくシェントロッドである。そしてレイゼルも、彼が否と言わないことを当たり前のように理解しているのであった。

そのまま何となく、連れ立って歩き出す。

小川を越え、少し行ったところで、木々が途切れていた。

その先の斜面に出て、二人は立ち止まる。

「わあ、きれい！」

レイゼルが明るい声を上げた。

斜面を、黄色い花々が埋め尽くしている。一本の茎にいくつも小さな黄色い花がついており、それが一面に咲いているのだ。白い蝶がひらひらと、花の上を飛んでいる。

そして斜面の上には、白に近い薄紅色の花をつけた大きな木が、まるで雨を降らせるように枝をしならせ垂らしていた。

「この花は……」

シェントロッドがつぶやくと、レイゼルが歩き出しながら説明する。

「黄色いのが、さっきお話ししたナフワ花。上の大きな木はシダレチェルーですね。満開のいい時に来れましたね！」

「ふん……二色の花が、美しいな」

「はい！」

レイゼルは軽い足取りでナフワ花畑に沿って歩き、奥の木陰になっているあたりまで行った。そのあたりのナフワ花は、まだ花が開いておらず、みっしりとまとまったつぼみと緑の葉をそよがせている。

小さな鉈を使ってナフワ花を何本か切り、カゴに入れたレイゼルは、シェントロッドに向き直った。

「終わりました、それじゃあ帰りましょう！」

二人はもう一度、その美しい光景を眺めると、もと来た道をたどり始めた。


薬草茶の店に戻ったレイゼルは、さっそくスープを作り始めた。

「出発前に海藻を浸けておいたんです、いい出汁が出てると思いますよー」

出汁が熱くなったところで、そろそろ季節の終わる根菜カロネを加えて、コトコトと煮込む。ミルクを加え、さらに何か茶色のもったりしたものをスプーン一杯だけ溶き入れた。

「それはなんだ」

「ジニーさん手作りのロミロソです。豆と塩から作った調味料なので隊長さんも大丈夫だと思いますよ。ミルクに合うんです」

最後に、湯がいたナフワ花を食べやすく切ったものを加える。

さっと温めたタイミングで、レイゼルは木の器に注いだ。

「ナフワ花のスープです、どうぞ。血行をよくして、身体の中の古くなったものを出してくれます。お肌にもいいですよ！」

ロミロソが入って柔らかな色になったミルクに、丸く白いカロネと、ナフワ花の鮮やかな緑がのぞいている。

レイゼルはトレイに載せてベンチにいるシェントロッドに渡し、自分の分も器に注いだ。

ふと、シェントロッドが言う。

「花のスープか。こうして見ると地味だな。つぼみだから仕方ないが」

「花のスープと言ってしまうと、見た目に合わないかもしれませんね。でも、花が開いてしまうと茎が固くなって食べられないんです。……そうだ」

レイゼルは、器を持ってシェントロッドに向き直った。

「隊長さん、今日は外で食べませんか？」


裏口から出ると、そこはレイゼルの小さな菜園だ。薬草を始め、野菜や観賞用の花、数本だが果樹も丹精(たんせい)して育てている。

「ここも、春だな」

シェントロッドは高いスツールを壁際に置き、その座面にスープの器を置いてから、畑を眺めた。

薬草や果樹も、色とりどりの花をつけている。

レイゼルは菜園に入り、しゃがみ込んでゴソゴソやったと思うと、立ち上がって彼に駆け寄ってきた。

「はい！」

両手で、シェントロッドの器に何かをそっと入れた。

彼女が手をどかすと、ぱっ、と魔法のように器が華やかになった。

花だ。子どもの手のひらほどの大きさで、柔らかそうな一重の花弁の、黄色い花。白いスープにナフワ花の緑と相まって、鮮やかに映える。

「ちょうど咲いたところだったんです、コレンの花。これは食べられるお花ですよ。香りがあまりなくてさっぱりしていて、味を邪魔しないと思います」

レイゼルはベンチに座ると、自分の器にも花を咲かせた。

「いただきましょう！」

二人して、リュリュの作ったスプーンを手にする。柄が微妙に曲がっているのも味わい深い。

まろやかなスープを一口食べ、二人は示し合わせたかのように同時に、軽くため息をつく。

「美味(うま)い」

「それに、綺麗ですねー」

二人は、隣村にいるリュリュに思いを馳せながら花咲くスープを楽しみ、菜園の花々を眺めたのだった。

第二章　火脈鉱を買いに　～シロトウコモとガスパラスのかきたまスープ～

木々の緑が少しずつ濃くなり、ロンフィルダ領にもうすぐ夏が訪れようとしていた。

気温の変化に弱いレイゼルも、今の季節はあまり体調を崩さずに済む。薬草茶は飲み続けているものの、畑の世話をしたり、森にベリーを摘みに出かけたりして、毎日を過ごしている。

店の方も順調で、医師モーリアンの紹介で他の村にも常連客ができた。村長の息子ルドリックが、様々な取引をしに村の外のあちらこちらに行くので、調薬しては彼に託し、その客にも届けてもらっている。

ルドリックには、取引ついでにいつも買い物を頼んでいるのだが――

こんな季節だからだろうか、ふとレイゼルは思った。

「そうだ。フィーロ、行こう」

「は？」

スツールで薬草茶を飲んでいたシェントロッド・ソロンが、眉を上げげた。

作業台の前にいたレイゼルが、彼の方を振り返ってニコニコする。

「だいぶお金が貯まったので、そろそろ火脈鉱が欲しいな、と思ってたんです。フィーロに、鉱石の大きなお店があるそうなので」

火脈鉱、とは、この世界の界脈と呼ばれるエネルギーの流れと繋がっている鉱石の一つである。地底の火のエネルギーを引き出し、石が発熱するのだ。いちいち薪を燃やさなくていいし、繰り返し使えるので、毎日火を使うような店には必需品である。

薬草茶をコトコト煎じるための熱なら、子どものこぶし大の火脈鉱があれば十分なのだが、掘り出すのに技術がいるのと産出量が少ないのとで、値段が張る。それで、レイゼルは火脈鉱を買うために少しずつお金を貯めていたのだった。

フィーロ市はロンフィルダ領内の、人間族最大の都市である。

「たまには薬草のお店も自分の目で見たいですし。新しい薬草と出会えるかも。本も買いたいし、レース編みの糸も好きな色を選びたいし」

考えているうちにワクワクしてきてしまったレイゼルは、頬を上気させている。

シエントロッドは眉間にしわを寄せながら、薬草茶をもう一口飲み、そして口を開いた。

「お前は、この村を出たことはあるのか？」

「えっ」

ぎくっ、とするレイゼル。

「あ、ありますよ？　フィーロには一度行きましたし」

（リーファンの薬学校の地方試験を受けに）

「フィーロの学校で薬のことを学べるところがありますし」

（って村の人が言ってたわ。私は通ってないけど）

心の声の部分は省略しまくるレイゼルである。

（それに、王都ティルゴットに行ったことがあるどころか、三年間もいたなんて、もちろん言えない。あっ、でも一度も行ったことがないってことにしてしまうと、うっかり王都の話とかしちゃって、ボロが出そう）

彼女にしては素早く考え、そして付け加える。

「あー、あと、ええと、実は王都にもちょっと、行ったことが」

「王都？」

シェントロッドは珍しく、意外そうな表情になった。

「何をしに行ったんだ」

「し、知り合いがいるので」

（行ってからできた知り合いだけど）

じわじわと汗をかきはじめるレイゼル。彼女は嘘をつくのには向いていない。

「ああ……そういえば、お前はトラビ族にも知り合いがいたな……」

何やら勝手に納得したシェントロッドは、容赦なく質問を続けた。

「どうやって行ったんだ」

「どう、って、馬車で。商人さんに乗せてもらったんです」

「人間族は、王都まで何日もかかるはずだ。店主、具合は悪くならなかったのか」

「……なりました……けど、一度寝込んだだけでたどり着けました！」

（帰りはね！　行きは三回寝込んだけど！）

だんだんこの会話が辛くなってきたレイゼルは、首を傾げる。

「でも、どうして村を出たことがあるのかお聞きに？」

「簡単に『フィーロに行く』などと店主が言うからだ。無事にたどり着けるとは思えん」

あっさりとシェントロッドは言い、立ち上がって作業台に歩み寄ると、空になったカップをレイゼルに差し出す。

「また商人の馬車に乗せてもらうのか」

「ルドリックに頼もうと思っています。彼はよくフィーロに行くので」

カップを受け取りながらレイゼルが答えると、シェントロッドは彼女を見下ろしてうなずいた。

「あいつがいるなら大丈夫か。……俺もフィーロの、守護軍警備隊の隊舎にいることが多い。何かあれば訪ねろ」

「あ」

（心配してくださってる……？）

気づいたレイゼルは、彼を見上げてニコリとお礼を言った。

「はい！　ありがとうございます」

シェントロッドは軽く鼻を鳴らすと、代金をレイゼルに渡して店を出て行った。

レイゼルは、ふう、とため息をつく。

そして、拳を握った。

「よし、そうと決まれば、ルドリックに頼まなくちゃ。それで、お店のお休みのお知らせを出して、買うものを書き出して、っと。忙しくなりそう！」


それから十日後、レイゼルはルドリックと、取引に行く村人二人とともに馬車に乗り、フィーロ市へと出発した。

朝早く出発した馬車は、アザネ村を出ると東へと進む。途中、丘陵地帯を通るため多少揺れるのだが、それ以外はこれといって障害のない道行きだ。


フィーロ市に到着したのは夕方だった。

「ここ、俺がいつも使ってる宿」

開かれた門の中にルドリックが馬車を入れると、厩舎の前の広場に停める。そこには他の客の馬車も置かれていて、広場はいななきと干し草の匂いに満ちていた。

宿の使用人が馬を外してくれている間に、ルドリックと村人たちはレイゼルに手を貸して馬車から降ろす。

「大丈夫か？」

「な、なんとか……」

レイゼルは白い顔で答えた。全く大丈夫そうではない。

「まあ、今日はもうこの時間じゃどこにも行かないだろ。ベッドで休めよ。大部屋だから落ち着かないかもしれないけど」

ルドリックはレイゼルの荷物を持ってやると、慣れた様子で宿の中に入った。

そこは三階建てで、一階は大部屋になっており、ベッドが衝立（ついたて）で区切ってある。二階と三階は個室だ。

「俺たちは取引先と用があるから、行ってくる。薬草茶、これ？　厨房に頼んどいてやるから」

「ありがとう、助かる」

レイゼルはベッドに腰かけて、ルドリックたちを見送った。

やがて宿の使用人が、煎じた薬草茶を持ってきてくれた。

レイゼルはお礼を言って受け取り、一口、すすった。胃がむかむかしていたのが、ようやく落ち着いてくる。

ゆっくりと薬草茶を飲みながら、レイゼルは衝立の隙間から見える大部屋の様子を観察した。

ちょうど、店の使用人が大部屋のランプに火を入れているところだ。声を潜めた会話、板張りの床を踏むコトコトという足音、衣擦（きぬず）れの音。

（あ。トラビ族がいる）

とぼけた顔のトラビ族が二人連れ立って、旅姿でトコトコと部屋の中央を横切っていくのが見えた。

レイゼルはペルップを思い出す。

（元気かな。あの後、ちゃんと家までたどり着けたかしら。……リーファン族はやっぱりいないのね）

群れないリーファン族は、こういった宿では個室を利用するし、食堂も好まないので来ない。食べないで済ませるのだろう。

（フィーロは人間族の都市だから、リーファン族が少ないのはもちろんだけど……人間族と似ているところが多いのに、お互い触れ合う機会が少ないのは、そういう文化の違いもあるのよね）

王都という、二つの種族が暮らす場所で過ごした時間は、とても貴重な機会だったのだな、とレイゼルは思う。

（隊長さんと会えたことも、良かったな……なんて）

フィーロの隊舎に、シェントロッドがいる。そう思うだけで、不思議と心強い。

しかし、ふとレイゼルはモヤモヤしてしまった。

（隠し事をしてるくせに、図々しいな、私。そりゃリーファン族はすごいし、何かあれば訪ねろと言ってもらったけど、頼らなくて済むようにしなきゃ）

そのためには体調を整えなくては、と、レイゼルは寝支度をして早々にベッドにもぐりこんだのだった。

ゆっくりと休んだおかげで、翌朝、レイゼルはルドリックたちと一緒に朝食を少し食べることができた。

「レイゼル、俺たちは朝市に行ってくるけど、一緒に来る？」

ルドリックに聞かれ、レイゼルは首を横に振る。

「行きたいけど、疲れると他のところに行けなくなっちゃうから……今日は鉱石のお店が開く時間まで、宿にいるね」

「まあ、その方がいいか。石、貴重品なんだから気をつけろよ。買ったらすぐに宿に戻れ。俺も用が済んだらいったん戻るから」

「うん」

ルドリックと村人はあわただしく宿を出ていった。

彼らのペースに合わせることができないレイゼルは、自分のペースで動く方がかえって迷惑をかけずに済む、と理解している。

そこで、大部屋の窓から通りを眺めつつ胃を落ち着け、陽がだいぶ昇ってから宿を出た。

火脈鉱を売っている鉱石の店は、フィーロ市の大通りの一本裏、職人たちが使う道具の店が集まる通りにあった。石造りのどっしりした店構えで、他の店よりも大きく目立っている。

レイゼルは少し緊張しながら、ガラスの入った両開きの扉の片方を押し開けた。外よりも温かな空気が、彼女の頬を撫でる。

中は床が石畳、壁はレンガ造りだ。熱がこもらないようにしているのだろう、窓は大きく開けられ、天井には送風用の大きな羽根が回っている。

「いらっしゃい！」

店には数人の店員がおり、レイゼルに声をかけてきたのは若い男の店員だった。細っこいレイゼルを珍しそうに見たものの、

「店で薬草茶を煎じるのに使う？　じゃあこの辺かな」

と、すぐに彼女を案内する。

店の中にはレンガで細長い炉のようなものがいくつも作られており、等間隔で火脈鉱が並んでいた。

「使い方は知ってる？」

「ええ。ああ、このくらいの大きさ、いいな」

レイゼルは石に見とれた。

火脈鉱は半透明の石で、外側は濃いジオレンジ色、中心部は深い赤である。顔を近づけると熱い。もっと大きな石は、かまどのような金庫のような場所に保管されているが、もしそうなっていなかったらどんな熱さであることか。ちなみにその場所には煙突状のものが設けられ、熱を空に逃が

す仕組みになっていた。

「あの……」

レイゼルは、アザネの村人に教わった交渉テクニックを試みる。

「もし、二つ買うなら、少し安くなります？」

「うーん、そうだなぁ。このくらいにはできるよ」

店員が指で金額を提示する。

レイゼルは少し迷うふりをした。

「そっかぁ……予算があるので、ちょっと戻って相談しようかな」

「誰かと一緒に来てるの？」

「そうなの。あの、ティルゴットで買うと、もっと高いのかしら」

聞いてみると、彼は大きくうなずく。

「ここで買う方が絶対安いよ！　ええと、ちょっと待って」

店員はいったんレイゼルのそばを離れると、もう一人の店員に駆け寄り、何やらゴニョゴニョと相談する。そして、すぐに戻ってきた。

「じゃあ、二つでこのくらい。どう？」

店員はまた、指で金額を示した。先ほどより安くなっている。

レイゼルはホッとしてうなずき、正直な気持ちを吐露した。

「ありがとう。私も毎日薬草茶を飲むから、本当に助かるの」

「そうなんだ。ほっそいもんなー、お嬢さん」

カウンターの前でそんな話をしていると、店主らしき壮年の男性が、さらに少しまけてくれた。

その値段でも儲けが出るからこそまけてくれるのだろうが、レイゼルは嬉しくなって、もう一度お礼を言った。


火脈鉱を、熱を遮断する特殊な壺に入れてもらい、レイゼルは代金を払って店を出た。

扉の外でいったん立ち止まり、布に包んで縛った壺をうきうきと見つめてから、腕にかける。

(ルドリックに言われた通り、すぐに宿に戻ろう)


——しかし。

悪い奴というのは、最も確実に奪える瞬間を、狙っているものである。

レイゼルが再び往来に足を踏み出したとたん、ドン、と身体に衝撃が走った。

気づいた時には、視界が傾き、派手にすっ転んでいた。

(え？)

布包みが引っ張られ、手から外れる。

(え？)

何が起こったのかわからないまま、上半身を起こす。

布包みを持った小柄な男の背中が、大通りを遠ざかっていくのが見えた。

（……取られた……？）

待って、とか何とか、とにかく声を上げようとした瞬間。

ひゅっ、と、顔のそばを一陣の風が駆け抜けたような気がした。

突然、まるで空気中から湧いて出たかのように、男の前に人影が現れて進路をふさぐ。

ドスッ、という鈍い音。

「ぐあっ」

うめき声がして、男は身体を丸め、地面に膝を突いた。レイゼルの布包みが地面に落ちる。

一瞬の出来事だった。

レイゼルはへたりこんだまま、大きな灰色の目を瞬かせる。

「…………隊長さん？」

男の落とした布包みを手に立ち上がったのは、シェントロッド・ソロンだった。

彼は無造作にレイゼルに近づいてくると、屈（かが）み込んだ。緑の髪が、肩口からさらりと落ちる。

「レイゼル。大丈夫か」

「た、隊長さん……」

レイゼルは彼を、まじまじと見つめた。

今、何が起こったのかも、なぜシェントロッドがいるのかもイマイチ把握していないレイゼルだが――

ただ一つ、理解した彼女は、ぱあ、と顔を輝かせていた。

「隊長さん、今、界脈を通りませんでしたか⁉」

シェントロッドは「あ？」と片方の眉を上げる。

「まあ、そうだな。気脈を通って、あの男の前に出た」

「よかった！　治ったんですね！」

レイゼルは嬉しそうに笑う。

彼はかつて天災に巻き込まれ、体内の界脈流（かいみゃくりゅう）が傷ついてしまった。以来、ずっと表出した水脈しか通ることができず、落盤事故の際にも無理に鉱脈を通り抜けて体調を崩した。しかし今、自然に気脈を通ったのだ。彼に薬草茶を作ってきたレイゼルにしてみたら、喜びもひとしおだった。

ただし、喜ぶのも時と場合による。

大きなため息をつき、シェントロッドはレイゼルを睨（にら）んだ。

「その話は後にしろ。店主、お前は自分がどういう目に遭ったか自覚しているのか」

「え？」

「買ったばかりの火脈鉱を引ったくりに奪われ、突き飛ばされて転んだとわかっているのか、と聞いている」

「え！」

レイゼルは身じろぎして、顔をしかめた。

「あ痛っ」

地面についた手や足のあちこちから、血がにじんでいる。気づくと、いつの間にか人垣ができていた。レイゼルはあわてて立ち上がろうとして、腰が抜けていることにも気づいた。

「た、立てまへん」

ようやく恐怖がこみ上げてきて、口にも力が入らなくなったレイゼルである。

シェントロッドは手を貸し、レイゼルを店先の段差に座らせた。

「捻(ひね)ったか」

「いえ……すりむいた、だけ、です……たぶん」

レイゼルは動揺しつつも、そっと手足を動かしてみている。シェントロッドは振り向いて人垣に声をかけた。

「誰か、手当てを頼めるか」

ざわっ、と数人が動き、「水を」「うち薬があるから」と声が上がる。

「店主。宿はどこだ」

シェントロッドはレイゼルを見下ろして言った。レイゼルが混乱しつつも宿の名を言うと、

「俺は犯人を警備隊に連れて行ってくる。お前は鉱石店の店員と一緒に宿に戻れ。後で行く」

と告げて、さっさとその場を立ち去って行った。


シェントロッドが宿を訪ねた時、レイゼルはベッドにいた。

「やはりか」

衝立の上からのぞくと、ベッド脇のスツールにルドリックが座っており、ギョッとして彼を見上げる。

「うわ、びっくりした」

「熱を出したのか」

「ああ……そうです。話は聞きました、引ったくりに遭ったって」

ルドリックが立ち上がってスツールを勧めたので、シェントロッドは衝立を回り込んでベッド脇に行った。

レイゼルが赤い顔をシェントロッドに向ける。

「すみません……びっくりしすぎたみたい……」

「あいつは牢に放り込んである。安心しろ」

座りながら言うと、レイゼルは熱で潤んだ目を細めて微笑む。

「はい。いつも、ありがとう、ございます」

「気にするな。今日のこれは仕事だ」

「そういえば、隊長さん、どうして、あそこに」

「今日、お前がフィーロにいるのは知っていたからな。見回りついでに火脈鉱の店に立ち寄ろうとしたら、ちょうどお前が出てきたところだった」

あの後、シェントロッドが鉱石店の店員に声をかけ、店員がレイゼルを宿まで送ったのだ。

「あの引ったくりは、店から出てくる客を狙っていたらしい」

シェントロッドが言うと、レイゼルはしゅんとなった。

「ルドリックにも、気をつけろって言われてたのに、ごめんなさい」

「悪いのは引ったくり犯に決まってるだろ！　レイゼルみたいなやつを狙いやがって。くそ、俺もついて行けばよかった」

ルドリックは立ったまま、犯人と自分にイライラして片足をダンッと床に打ちつけた。

シェントロッドは軽くため息をつく。

「最近、市内で窃盗が増えていると報告を受けたところだった。鉱石店も、客が無防備にならないように対策するそうだ」

「私の件がきっかけで安全になるなら、よかった」

そんなことで浮上して微笑むレイゼルに、ルドリックは呆れる。

「よくはないだろ、怪我したんだから」

「そうだな、よくはないな。寝込みがちな上に怪我までしたら、命がいくつあっても足りないと、前にも言っただろう」

シェントロッドにも言われ、レイゼルはベッドの中で「はい……」と肩を縮めた。

「まあ、悪いのは犯人だというのは同感だが、店主のような人間が無防備でいるのは命取りだ。俺がそばにいれば守るが、そうでない時は気をつけろ」

「え」

ルドリックが声を漏らしたので、シェントロッドは彼を振り向いた。

「……何だ」

「あ、いえ。レイゼル、また出かけるなら、誰かと一緒に行動した方がいいかもな」

ルドリックの言葉に、レイゼルは熱で少しボーッとしながらうなずく。

警備隊の隊長殿、しかもリーファン族に、レイゼルが個人的に「そばにいれば守る」などと言われたことに、ルドリックは少し驚いていたのだ。

（ソロン隊長、すごく自然に、レイゼルを大事にしてるよな）

二人の関係が変わってきたことを、ルドリックが薄々感じ取った瞬間だった。

シェントロッドが軽く身を乗り出し、レイゼルに話しかける。

「店主。俺の薬草茶だが、界脈流が繋がったから変えるのか」

「あ、はい……サキラは減らしましょう。それから、回復期に必要なのが……」

レイゼルがいくつかの薬草の名前を挙げ、シェントロッドがうなずきながら質問する。

ルドリックは、発熱中のレイゼルにあまり話しかけない方が……とチラッと思ったが、ふと気づいた。

（もしかして……）

そのうち、レイゼルはウトウトとし始めた。やがて返事がなくなる。

「……眠ったか」

シェントロッドは身体を起こし、スッ、と立ち上がった。ルドリックは、ニッ、と口角を上げてシェントロッドを見上げる。

「ソロン隊長、もしかしてレイゼルを平常心に戻してくれたんですか？」

「あ？　まあ、一応そのつもりだ」

前髪をかきあげ、シェントロッドは淡々と言う。

「店主は仕事をしていると、仕事に集中して、他へ気を散らすことがない。引ったくりに遭って衝撃を受けて熱を出したなら、そのことを忘れ、いつもの状態に戻した方がいいと思っただけだ」

「ありがとうございます。って、俺が言うのも何ですけど」

礼を言うルドリックにうなずきかけてから、シェントロッドは聞く。

「アザネにはいつ戻る」

「レイゼルの体調次第ですが、明後日の早朝にこっちを出る予定でした」

「そうか。店主の火脈鉱は、火力が弱い小さな石だからそこまで高価ではないが、心配なら俺が預かってアザネに持ち帰ってもいい」

「あ、それじゃあ、お願いします」

ルドリックは甘えることにした。

道中、レイゼルが火脈鉱を持ったままでいることで色々と心配したり思い出したりして、体調が悪くなる可能性があるからだ。彼女はとにかく、心の変化が体調に出る。

火脈鉱の入った石壺を渡しながら、ルドリックは言う。

「レイゼルから聞きました、ソロン隊長が界脈を通って、犯人の前にいきなり現れたって。やっぱりリーファン族はすげぇや」

シェントロッドは肩をすくめる。

「リーファン族の中でも、そういうことをするのは界脈士だけだがな」

「戦争では便利に使われる能力だ。敵の背後を突いたり、本陣に突っ込んだり」

「あー」

ルドリックはハッとなって言葉に迷う。

（不思議な感じだな。もしリーファン族が人間族を支配しようと思ったら簡単にできそうなのに、俺たちは平和に暮らしてる、っていうのが）

彼は好奇心に負け、尋ねた。

「そうすると、界脈士同士が戦った時って、どうなるんですか」

「界脈に沈んだままで戦いになることもある。昔、隣国のリーファン族と戦ったことが……」

シェントロッドは言いかけたが、結局途中でやめた。

「人間族には説明が難しい。……俺は隊舎に戻る、何かあったら来い」

彼は軽く手を挙げ、ちらりとレイゼルを見てから、石壺を持って去っていった。

翌日の夕方。

シェントロッドが警備隊舎の隊長室にいると、人間族の部下が「お客さんが来てます」と呼びにきた。

隊舎の一階は、カウンターといくつかのベンチというシンプルな造りになっている。そこに降りてみると、ベンチにちょこんと座って待っていたのはレイゼルだった。

「あ、隊長さん」

立ち上がった彼女に、シェントロッドは近づく。

「熱は下がったのか」

「はい、おかげさまで。昨日はありがとうございました」

顔色の戻ったレイゼルは頭を下げると、手にしていたカゴからいくつかの紙包みを取り出した。

「明日、アザネに帰るんですけど、今日、薬草のお店だけは行けたんです。それで、色々買えたので、隊長さんの新しい薬草茶用にと思って」

「調薬したのか」

「はい。一日に一つ、食堂で煎じてもらってください」

彼女は仕事をしていると心が落ち着くらしい、とシェントロッドが見抜いた通り、レイゼルは今日仕事をしたことで体調が戻ったようだ。

「わかった」

シェントロッドは紙袋を受け取り、そして言った。

「三日後には俺もアザネに戻る。待っていろ」

「あ、はい」

彼が預かっている火脈鉱を持ってきてくれる件だと気づいたレイゼルは、嬉しそうに微笑んだ。

「楽しみにしてます！」

その、二人のやりとりは、数人の隊員たちに聞かれており。

「『戻る』？『待っていろ』？」

「え、隊長、あの子と暮らしてるの⁉」

「へぇ、人間族とリーファン族が」

「戻るのを楽しみにしてますだって。うらやましい」

——色々と、誤解を招いていたのだった。

太陽は日に日に力を増し、ロンフィルダ領は盛夏を迎えた。

鮮やかな青い空に、存在感のある白い雲が立ち上がっている。アザネ村の大通りは強い日差しに照らされ、時折、白い砂ぼこりが風に吹き散らされている。

シェントロッドは、アザネ村を見回っていた。シャツにベストという警備隊の夏服を着ていても、暑いものは暑いはずだが、彼は涼しい顔だ。

そんな彼を、大声で呼び止める者がある。

「ソロン隊長！　ソロン隊長！」

シェントロッドが振り向くと、金物店の店先から小太りの女性が出てきていた。ここのおかみのジニーだ。

「見回り、お疲れ様！　美味しいレドグリンがあるのよ、食べてって！」

ほらほら、と手招きしたジニーがさっさと店の中に入ってしまったので、断る暇もなかったシェントロッドは仕方なく、後に続いた。


明るい外から店の中に入ると、その落差でひどく暗く感じる。しかしすぐに目は慣れ、土間の両側にある棚に金属の鍋やザルやカゴ、工具などが所狭しと並んでいるのが見えた。

棚の間を抜けると、奥に台所があり、店の主人である固太りの男が椅子に座っている。彼はシェントロッドを見て、無言で会釈(えしゃく)した。

ジニーは台所の調理台で包丁を握ったところだ。

「さあさ、座って！　今、切るからね」

まな板の上には、一抱えほどもある大きさの、丸い緑の果実レドグリンがあった。

彼女は手際よく、レドグリンを八つに割る。鮮やかな赤い果肉が、汁を滴らせた。

「はいどうぞ！　さっきまで川の水で冷やしてたから、美味しいよー」

「……いただこう」

勧められた椅子に横向きに腰かけ――背が高く足が長いので、まっすぐ腰かけると膝が机に当たるのだ――、シェントロッドは一切れ手に取った。

かぶりつくと、しゃくっ、という音とともに、爽やかな甘さとたっぷりの果汁が口の中に溢れる。

「美味いな」

「でしょ⁉　やっぱり夏はコレよねぇ。ほら、あんた、食べるでしょ」

ジニーは寡黙な夫の前にもレドグリンの皿を置いた。ちなみに、金物店夫婦には息子と娘が一人ずついるが、息子はフィーロ市に出稼ぎに、娘は北のハリハ村へ嫁に行っている。

ジニーは自分の分の皿を手に、シェントロッドの向かいに腰かけた。しかし、レドグリンには手を付けずに、両肘をついて彼をまじまじと見つめている。

「…………」

視線に負けて、シェントロッドは横目で彼女を見た。

「……金物店のジニー。俺に何か、用事があったのか」

「用事ってほどじゃあないけど、ソロン隊長とおしゃべりしたくてさ」

ジニーはさばさばと言い、そしていきなりこう質問した。

「ねぇ、ソロン隊長は、誰かと結婚の予定はあるのかい？」

シェントロッドは「あぁ？」と眉を軽く上げた。

（なぜ、そんな質問を？）

しかし、この春リュリュが結婚したばかりでもあり、リーファン族の結婚事情に興味を持つ村人がいてもおかしくない、と考えて答える。

「今のところ、予定はないな」

「そういうお年頃じゃないのかい？」

「リーファン族は家族という形を重視しないから、結婚することはそこまで重要ではない。当然、年頃という考え方もない」

「へぇー、そうなの！　じゃあさ」

ジニーはニコニコと続けた。

「ソロン隊長は、レイゼルのこと、どう思ってる？」

「……は？」

結婚話とどう繋がるのかと、眉間にしわを寄せたシェントロッドだったが、ジニーはひるまずに軽く身を乗り出す。

「人間族とリーファン族が、同族みたいに仲良くなることって、あるの？」

「それはもちろん、ある。王都では人間族とリーファン族が共に仕事をしている。俺も今まさに、警備隊で人間族と働いているだろう」

「それは同僚ってだけじゃないか。ソロン隊長って、レイゼルの何？　ただの店主と客には見えないんだよ」

「む……何、と言われてもな……」

シェントロッド自身も、レイゼルが彼にとってただの『村人その一』でないことくらいは自覚している。

しかし、それが『何』なのかと聞かれると、名前をつけるのは難しかった。

「……俺は、あの店と店主を気に入っている。彼女の薬草茶は効くし、店も居心地がいい」

考え考え、シェントロッドは語り出した。ジニーは相づちを打つ。

「ふんふん」

「身体の弱い彼女があの仕事を続けていけるように、助けてやりたいとも思う。だから、同族のように思っているかと言えば、そうかもしれない。彼女がどうしているかは、常に気にかかるしな」

「ほおほお」

「しかし、アザネの大人たちは皆そうだろう？　レイゼルは家族を持たないと言っているが、皆、彼女のことを家族のように思っていて、幸せになってほしいと願っている」

「そうだねぇ、本当にその通り。あたしにとっても、もう娘みたいなもんさ」

ジニーはうなずき、そして言う。

「だから、もし、もしもだよ、レイゼルがちゃんとした誰かと結婚したいって言ったらすごく嬉しい、とは思ってたんだよねぇ。ソロン隊長はどう思う？」

「どう、とは」

シェントロッドはまたもや、言葉に詰まった。

以前、レイゼルがルドリックと夫婦になって薬草茶の店をやるかもしれない、と思った（思わされた）ことがある。その時のモヤモヤした感情が、心の奥の方でよみがえった。

彼女の過去を掘り起こした身として、シェントロッドはレイゼルに関することにはまっすぐ向き合おうと考えている。彼は、その気持ちを言葉にすることにした。


「…………うまく説明できないが」

シェントロッドは咳払いをした。

「あの店に行くと不思議と、『帰ってきた』ような気持ちになる。あの店と彼女は、俺の一部になっているというか、界脈のように繋がっていると感じる。だから、そこに別の何かが横から入ってくると違和感があるし、例えば彼女の結婚によって店がなくなるかもしれないと考えてみると、俺の一部をもぎ取られるような気がする」

そして、彼は視線を足下にやった。

「さっきは、俺の彼女に対する気持ちは、彼女を家族のように思っているアザネの大人たちと同じだというようなことを言った。しかしこうしてみると、そう言う資格は俺にはないのかもしれないな。彼女の結婚について、ジニーのようには思えないのだから」

すると、ジニーはニカッと笑った。

「んふふ、まぁ、もしもレイゼルとソロン隊長が同じ気持ちなら、特に問題ないよねぇ」

シェントロッドは視線を上げ、ジニーを見た。

「同じ気持ち、というのは？」

「ソロン隊長にとって、レイゼルが自分の一部だと思うみたいに、レイゼルの方が、ソロン隊長は自分の一部だと思うようになったらいいね、ってこと。あと、もしソロン隊長が警備隊を辞めてアザネを去ったら、レイゼルは自分の一部をもぎ取られるように感じる、とかね」

「それは」

シェントロッドは思わず、軽く身を乗り出す。

「レイゼルが彼女の一部をもぎ取られたら、大変なことになるだろう。身体が」

「そうだよ、大変さ」

そう言うジニーは、大変だという風ではなく、機嫌よくニコニコしている。

「だから、お互いに同じ気持ちなら離れずに済むだろうから、一番いいだろ？　それでまず、ソロン隊長の気持ちを聞いてみたんだよ」

「………………」

シェントロッドはしばらく、ジニーのふくふくした顔を見つめていたが、やがて椅子に座り直して肩をすくめた。

「なるほどな。つまり、レイゼルを傷つけるなよ、と言いたいわけか」

「まあ、それもあるね。あの子が傷つくようなことを見過ごすわけにはいかないからねぇ？」

一瞬、金物店のおかみの笑みが、妙に凄みを帯びた。

しかしそれも本当に一瞬で、ジニーはまたニコニコする。

「あたしはレイゼルに幸せになってほしいけど、ソロン隊長にだって幸せになってほしいんだよ?」

「それは、ありがたいことだな」

彼は立ち上がりながら続ける。

「心配しなくとも、彼女は薬草茶の仕事に夢中だし、そもそも結婚とか家族とか考えてはいないだろう」

「だからぁ、リーファン族もそうなんだろ? その上で、ソロン隊長にとってレイゼルは特別なんだろ? あの子もそう思うようになれば、二人とも幸せになれるじゃない」

見送りについてきたジニーは、高い位置にあるシェントロッドの肩をポンと叩く。

「頑張って! あたしは、協力は惜しまないよ?」

「わかったわかった。ああ、レドグリン美味かった、ありがとう」

いい加減な返事をしつつ片手を上げて、シェントロッドは金物店を辞した。

すっかり存在を忘れていたが、台所では寡黙な店主が再び、黙って会釈していた。


(やれやれ。……しかし、ふーん、そうか)

シェントロッドは大通りを歩きながら、軽く顎を撫でる。

(家族という形を重視しないリーファン族の考え方と、レイゼルが家族を持ちたがらない考え方は、『合う』のかもしれない。これは新しい発見だな)

レイゼルも、リーファン族の考え方を好ましく思うかもしれない。

（彼女にとっての特別……か）

まるでセラの実とビスカの花の茶を飲んだ時のように、妙に甘酸っぱい気持ちがした。

感情を消化しきれず、シェントロッドが口元をもにょもにょさせながら歩いていると、張りのある声がした。

「ソロン隊長！　ソロン隊長！」

振り向くと、揚げ物店の店先で主人が手招きをしている。

「美味しいレドグリンがあるんだよ、食べてってくれ！」

何となく嫌な予感がして、シェントロッドは聞いた。

「……揚げ物店の主人。俺に何か、用事があるのか」

「いやー、用事ってほどじゃないけど」

主人は、わはは、と笑う。

「ちょっと話してみたくてさ。ソロン隊長は、レイゼルのこと、どう思ってるんだい？」

「その話はたった今、金物店でしてきた。そっちで聞いてくれ」

シェントロッドは足早に、その場を逃げ出したのだった。

同じ日の夕方、同じ場所。

「行ってきます」

トマは、自宅である雑貨店から出ると、大通りから南に向かって角を折れ、薬草茶の店に向かって歩き出した。


トマは、雑貨店の跡取りである。

雑貨店は種々雑多なものを扱う一方、郵便業も兼務していて、色々な町や村との間を行き来する際に手紙も運ぶ。取引先も多岐にわたり、トマには覚えることが山ほどあった。

子どものいない主夫婦が、『庭』からトマを引き取ったのは、彼が計算に強かったからだ——トマはそう思っている。商家の跡取りに計算力は必須だ。

そして、トマは今のところ、養父母の期待に応えていた。


「レイゼル」

トマが薬草茶の店の入り口を入っていくと、レイゼルは台所の作業台で、シロトウコモの葉を剥(む)いていた。

「あ、トマ！　いらっしゃい。見て、シロトウコモをもいできたんだけど、今年はすごく立派にできたの！」

「ああ、うん、美味しそうだね」

トマは眼鏡を直しながら、レイゼルの手元をちらりと見た。

シロトウコモはイネの仲間で、軸にびっしりと薄黄色い実が生る。葉が剥けたところから、はちきれそうな小さな粒がずらりとのぞき、艶々と光った。ヒゲと呼ばれる細長いものが、ふさふさと先から垂れている。

「去年は先っぽの方の実があまりできなくて。ちゃんと受粉しなかったんだろうね。でも今年はいい感じ！　あっ、おじさんおばさんの薬草茶を取りに来たんでしょ、ちょっと待ってね」

「うん。いいよ、急いでないからゆっくりで」

トマはベンチに腰かけた。

レイゼルは今剥いていた分だけ剥き終えると、脇に置いて冷ましてあった土瓶からカップに茶を注ぎ、トマに渡す。

「お茶飲んで待ってて」

「ありがとう。火脈鉱の使い心地はどう？」

「もう、ほんっと、買ってよかった！　便利！」

レイゼルは「ほんっと」のところで両手を握って力を込め、笑った。火脈鉱はシェントロッドの手によって、無事にこの店に届けられている。

彼女は保管用の棚のところに行って、薬草類の包みを取り出し、数を数えた。トマの養父の分と養母の分、内容が異なるそれらを、トマが持ってきた二つのカゴに分けて入れる。間違うと大変なので、カゴにはそれぞれ異なる色の布が入っていた。

「トマ、シロトウコモも少し持って行く？」

「あー……」

一瞬、口ごもってしまったトマに、レイゼルは振り向いて首を傾げた。

「どうしたの？」

「はは、あのさ、レイゼル」

トマはベンチに座ったまま、視線を落とす。

「僕、あまりシロトウコモにいい思い出がなくて」

「何かあった？」

レイゼルはトマに向き直った。

「うん……聞いちゃったんだよね、去年」

ぽつぽつと、トマは話す。

「去年の夏、僕、ちょっと長いこと体調崩してたの覚えてる？」

「あ、うん。お腹の具合が悪いのが、なかなか治らなかったよね」

すぐに思い出したレイゼルに、トマはうなずいた。

「そうそう。それで何日か寝込んでたんだけど、ある日、養母(はは)が近所の誰かから、たまたまシロトウコモをもらってきたんだ」

トマはその時のことを思い出す。

彼はベッドにいたけれど、扉の隙間から見えた机の上に、養母が大きなシロトウコモを載せるのを見ていた。

美味しそうだな、と思った。

養母の、

『きっと美味しいわ、トマにも食べさせましょう』

という声。

すると、養父の声が、こう答えた。

『あいつにはヒゲでもやっておけ』


「……だって」

トマはうつむいたまま、ごまかし笑いを浮かべる。

「まあ、わかってたけどね！　僕が商家の跡取りに向いてる頭をしてるから引き取られただけだって。今さらこの年で、可愛がってくれ、なんて言うつもりはないけど。でも、ちょっとショックだった」

すっかり打ち明け、トマはひとつため息をついてから、顔を上げる。

「しゃべったらスッキリしたよ、ありが……」

ギョッとして、トマはレイゼルを見た。

レイゼルが、手を止めたまま、目も口も丸くしてトマを見つめていたのだ。

「……トマ！」

彼女が彼を呼ぶ勢いに、トマは少し顔を引く。

「え、何、何」

「おじさんは、トマを大事に思ってるからそう言ったのよ！」

レイゼルは、サッ、と彼の隣に座る。

「まず、お腹の具合の悪い時に、シロトウコモは食べてはいけません。繊維が多くて消化に悪いから！」

「そ、そうなの？」

「そうです。そして、シロトウコモのヒゲ！」

また両手を握って、レイゼルは力説した。

「いい薬になるのよ⁉」

「えっ」

今度はトマが目を丸くした。

うなずいたレイゼルが続ける。

「むくみのある人とか、お腹に石ができやすい人は、ヒゲを干したものを煎じてお茶にして飲むといいの。ちなみにそれ、ヒゲ茶です」

「えええ⁉」

トマは手にしていたカップを見た。

「……美味しい」

「でしょう」

にこ、と、ようやくレイゼルは表情を緩める。

「おじさん、シロトウコモが食べられないトマに、せめてヒゲをって思ったんだよ。だって私、この話、おじさんにしたことあるもの」

「………………」

トマは黙って、カップを両手で包む。

（そう、だったんだ……）

養父自身、立派なヒゲを生やしている。表情の読みにくいその顔を、彼は思い浮かべた。

「ずっともやもやしてたの？　もう。……よし」

レイゼルは立ち上がると、さっき葉を剥いたシロトウコモを手に取った。

右手に細い棒を持ち、シロトウコモの根元側、実と軸の間に押し込む。実が一列、ぼろぼろっと取れた。

そこからは親指を使って、実を外側に倒すようにして外していく。

薄黄色い粒が、きれいに全部取れた。

かまどにかかっていた鍋の蓋を開けると、鳥のスープのいい香りがフワッと立ち上った。レイゼルはシロトウコモの実をざらっと入れ、残った軸も放り込む。

「この軸からも、薬効が出るんだよ。さーらーにー」

洗ってあったらしい、細長い緑のガスパラスも、サクサクと斜めに切って入れた。

「ガスパラスって、どこかの国では、伝説の生き物ドラゴンのヒゲ、って呼ぶんだって。ヒゲ繋がりだね」

楽しそうに言いながら、彼女はいったん鍋に蓋をした。煮ている間に、小さなボウルに卵を一つ割り、チャッチャッとかき混ぜる。

再び鍋の蓋を開けると、彼女は溶いた卵をぐるりと細く垂らした。

ふわあっ、と柔らかな黄色が、スープの中に雲のように広がる。雲間からのぞくガスパラスの緑が鮮やかだ。

「はい。『シロトウコモとガスパラスのかきたまスープ』、できあがり！」

レイゼルは器にスープをよそった。

「お腹が元気な時なら、シロトウコモを食べると、消化とか栄養の吸収がよくなるんだよ。それに、ガスパラスは、身体を程よく冷やしてくれるの」

「あ、ありがとう」

受け取ったトマは、ごく、と喉を鳴らしてから、大きなスプーンを器に入れた。すくうと、ぷりぷりとした粒がたっぷりとスプーンに載る。

少し吹いて冷まして、口に入れた。

シロトウコモの甘味が弾け、口の中に広がる。ガスパラスのサクッとした触感も気持ちよく、ふわふわの卵が舌を優しく滑った。

「……美味しい。すごく美味しいよ」

「でしょう、でしょう。夏の恵みだよね！」

レイゼルもニコニコと、スープを口に運んだ。


スープを食べ終えると、レイゼルは薬草茶を入れたカゴにシロトウコモを数本突っ込みながら言う。

「持って帰るでしょ？　はい」

「うん」

立ち上がったトマは今度こそ、胸元に差し出されたシロトウコモ入りのカゴを受け取った。

そして、眼鏡の奥の目を細めて微笑んだ。

「――ありがとう」

「おじさんおばさんによろしく！」

レイゼルの声に送られて、トマは薬草茶の店を出た。


歩きながら、トマはカゴの中を見た。本当に大きな、シロトウコモである。

そして、ついさっきまではシロトウコモを見ると口の中が苦いような気がしていたのが、今はレイゼルのスープに入っていた粒の甘さが、口の中にふんわりと広がっていた。

「……いつも母さんに作ってもらってるけど、茹でるくらいなら、僕にもできるかな」

足取り軽く、トマは彼の家に向かって、夏の夕暮れ道を歩いていった。

第三章　レイゼル＝レイ　～ナンプカンのポタージュ～

東の森にようやく、朝の光が入り始めた時刻。西の空はまだ群青色で夜の気配を残し、夏ではありながらひんやりした空気が満ちていた。

シェントロッドは耳をピンと伸ばし、店の中で物音がするのを確認してから、扉をノックした。

「店主、いるか」

「はい！」

返事があったので、扉を開けて薬草茶の店の中をのぞき込む。

レイゼルは作業台の前にいて、日除けのボンネットをかぶり首の下で結んだところだった。彼女は目を丸くする。

「隊長さん！　どうしたんですか、こんな朝早くに」

「届けるものがあったから、仕事前に寄ったんだが……出かけるのか」

戸口をくぐって店の中に入りながら、シェントロッドが聞く。レイゼルはうなずいた。

「はい。暑くならないうちに、森に行ってこようと思って。チーダが羽化しているようなので」

「何だって？」

「チーダという虫です。夏に羽化するんですが、抜け殻が薬になるんです。今のうちに集めておこうと」

「……そんなものも薬になるのか」

「じんましんなんかに効きますね。もちろん、こういうのが苦手な人には勧めません。隊長さんはどうですか？」

リーファン族は食べるための殺生をしない種族だが、抜け殻は生死には関わりない。後は、苦手かそうでないか、である。

シェントロッドは、

「俺に必要な時がくれば、使って構わない」

とうなずいた。

そして、布包みを作業台に置く。

「ゴドゥワイトに行ったから、サキラを手に入れてきた」

「わぁ、ありがとうございます！」

レイゼルは嬉しそうに包みを開きながら言った。

「今回もたくさん。あ、ちょっと待ってくださいね」

レイゼルは奥の私室から財布を持ってきた。しかし、シェントロッドは首を振る。

「これは、ゴドゥワイトの領主イズルディアの厚意でもらってきたものだから、代金はいらない」

するとと今度は、レイゼルがきっぱりと首を振る。

「いいえ、こんなにあるのにタダというわけにはいきません」

シェントロッドも引かない。

「リーファン族の間では大して高価なものではないし、俺と領主は親戚だ。領主は俺からは金を受け取らない」

「そうですか……じゃあ、ありがたくいただきます」

レイゼルは折れたが、こう付け加えるのは忘れなかった。

「もし、私で何か領主様のお役に立てることがあれば、遠慮なく言ってくださいね」

彼女は改めて、ニコニコとサキラを見つめる。

「ゴドゥワイトの薬草店、きっと色々と充実してるんでしょうね。見てみたいなぁ」

シェントロッドは軽く眉を上げる。

「行きたいなら連れて行くが」

「へっ⁉」

レイゼルはたちまちあわてだし、両手を振った。

「あっ、そういう意味で言ったわけじゃ！　人間族は立ち入れない場所ですよね⁉」

すると、シェントロッドは「いや」と首を横に振った。

「立ち入りが禁じられているわけではない。湖の中央にあるから人間族には立ち入りにくいだろうし、人間族が一人でいきなり訪ねていけばいぶかしむ者もいるだろうが、俺がいれば問題ない」

「いいですいいです！　もし私を連れて行ったらきっと聞かれますよ、そのひょろひょろしたのは何だ、って」

自嘲気味にレイゼルが言うと、シェントロッドは軽く首を傾げる。

「何だと言われても……聞かれれば普通に紹介するが？　人間族でありながらリーファンの薬草茶を作れる店主だ、俺も世話になっていると」

『ひょろひょろ』は否定しないシェントロッドである。

「せ、世話だなんて」

レイゼルは口ごもった。

今の彼女は、王都での出来事に対する恩返しの気持ちを込めて、シェントロッドの薬草茶を作っている。今さら『レイ』だと明かすこともできないのに、世話になっているなどと言われると後ろめたい。

しかも最近、フィーロで引ったくりに遭った際にも助けてもらった。こうなってくると、それこそ個人的に三十年労働奉仕でもしないとこの恩は返せないのではないかと思うのだが、レイゼルは村の人々のために薬草茶を作って生きていくと決めている。

正直、彼女はどうしたらいいのかわからないでいた。

「あの、本当に、ちょっと興味本位で言ってみただけですから。道中だけでもご迷惑おかけしますしね！」

ぱっ、とレイゼルは窓の外に目をやる。

「あ、陽が昇っちゃう、もう森に行かないとお昼までに帰ってこれないわ。隊長さん、そこの土瓶にシロトウコモのヒゲ茶が入っているので、ご自由にどうぞ。サキラありがとうございました！　行ってきます！」

収穫用のカゴを背負い、レイゼルは軽く頭を下げると、店を出ていった。

シェントロッドは彼女を見送ると、素直に土瓶から木のカップに茶を注ぎながらつぶやいた。

「道中が迷惑といっても、俺と一緒なら移動方法も変わってくるんだが……いや、やめておいた方がいいか」

ベンチに腰かけて一口飲み、天井の梁に下がった薬草の束を眺め、ギィギィ、パッシャパッシャという水車の音に耳を傾けながら台所の匂いをかぐ。

薬草茶の店は、シェントロッドにとって落ち着く空間なのだ。もちろん、レイゼルもいた方がいいのだが。

「……行くか」

さっさと茶を飲み干し、彼は仕事に戻っていった。

東の森の木陰に入ると、レイゼルは一息ついた。

「ふぅ、焦った」

（隊長さんと一緒にゴドゥワイトに、なんて……『湖の城』と言われているところよね。リーファ

ンのお城になんて、とてもとても）
あまりにも恐れ多く、軽く身を震わせてから、レイゼルは気持ちを切り替える。
「さぁ、お仕事お仕事。チーダの群生地に出発！」

森の中を進み、小川を越え、時に休憩しながら、レイゼルは行く。

夏の森は、全ての色が光と影にくっきりと染め分けられていた。射し込む陽に鮮やかに浮かび上がる濃い緑、白い葉裏、澄んだ小川。木々の影に沈む藪（やぶ）の中には、赤や紫の実がひっそりとこちらを窺（うかが）うように隠れている。

濃厚な生の香りを吸い込み、レイゼルは自分の小さな身体が、隅々までいっぱいに満たされるのを感じた。

やがて、太い木の立ち並ぶあたりに出た。ふぅ、と汗を拭いた拍子に地面に視線が行き、レイゼルは足を止める。

「あ、このあたりだ……」

地面には、いくつも穴が開いていた。チーダが出てきた跡だ。

チーダは土の中で木の根から樹液を吸って大きくなり、やがて地上に出てきて木に登り、羽化する。

耳を澄ませると、シャン、シャン、と鈴を振るような音が遠くで聞こえた。チーダが飛ぶ時の羽音だ。時々、木々の奥の方でキラッ、キラッと光るのはおそらく羽根だろう。

レイゼルは背負いカゴを下ろすと、あたりの木々を見て回った。

「あったぁ」

木の股で羽化するチーダの殻は白く丸く、羽化の際に真ん中が十字に割れるのが特徴だ。切り込みを入れて焼いたパンの形に似ている、とレイゼルは思う。ところどころ虹色に光っているのが美しい。

（もう少し高いところにもあるんだけど、木には登らないでおこう。隊長さんにも言われたし）

虚弱な上に、木から落ちて怪我までするわけにはいかない。

レイゼルはその代わり、手の届く高さにある抜け殻を求めて、広い範囲を探索していく。

――そのために、いつもは踏み込まないあたりまで、踏み込んでしまった。


「あった」

薄暗い木陰で背伸びをし、殻を手にしたのと同時に、上の枝に引っかかっていたツタがズルッと滑り落ちてきた。レイゼルの額にパシッと当たる。

「痛っ」

反射的に目を閉じたレイゼルは、チーダの抜け殻を取り落とした。

改めてよく見ると、レイゼルの目の前にツタが垂れ下がっている。赤っぽいツタで、緑のトゲがびっしりと生えていた。

「あ」

瞬間的に、過去の記憶がよみがえった。

(ラルヒカ)

ラルヒカと呼ばれるツタは、アザネ村には生えていないはずだった。レイゼルがそのツタを知っていたのは、昔、養母のエデリがどこからか採取してきたからである。

幼いレイゼルは、そのツタに触れ――

(毒だ!)

パッ、とレイゼルはその場を離れた。

陽の当たる場所に出ると、足を止めることなくカゴを拾い上げ、背負いながら急いで歩く。

(店に、解毒(げどく)できるフッカの葉がある。早く帰らないと)

しかし気がつくと、長袖からのぞく手の甲が赤くなってきている。息が苦しく、冷や汗が流れた。

(反応が早い。ダメ、これじゃ間に合わない)

薬や毒に関することであれば、レイゼルは冷静だ。すぐにそう判断すると、彼女は耳を澄ませた。

――水音。

そちらに向かって進む。少しずつ胸が締めつけられるような感覚が強くなり、やがて視界がぼやけてきた。さっき拾ったはずのカゴは、いつの間にか肩から滑り落ちている。

「……っはぁ、はぁ……」

くらっ、とめまいがして、膝をつく。しかし、水音はすぐそこだ。

『この小屋は、水車で川とつながってるから、隊長を呼べば聞こえるんだってさ』

ルドリックの言葉に続いて、シェントロッドの声が耳によみがえる。

『何かあったら呼ぶがいい』

レイゼルは朦朧としながらも、手を伸ばした。

手が、冷たい水に触れる。湧き水だ。

「……隊長、さん」

レイゼルはかすれた声で呼びかけ、手を水に浸したまま、目を閉じた。


その時、シェントロッドはちょうど、アザネ村からフィーロ市に移動中だった。つまり、水脈を通り抜けている真っ最中だったのである。

すぐそばで水の泡が弾けるような感覚とともに、レイゼルの声が届いた。

『……隊長、さん』

(レイゼル?)

すいっ、と即座に向きを変えたシェントロッドは、水脈を猛スピードで奔(はし)り抜ける。

数秒の後、彼はアザネ村の東の森に出現していた。

斜面に木々の濃い影が落ちており、そこから水が湧き出している。水を撥(は)ねかしながら立ち上がったとたん、レイゼルがすぐ足下の草の上にうつ伏せに倒れているのが目に入った。彼女の片手は、細く流れるその水に浸かっている。

「レイゼル！」

彼はレイゼルのそばに膝をついて静かに、しかし急いで身体を仰向けにした。

(何だこれは……顔や手に、奇妙な赤みがある)

「……う」

薄く、レイゼルが目を開いた。

「レイゼル」

呼びかけると、彼女の灰色の瞳と視線が合う。

彼女の唇が、動いた。

「……ラルヒカの……トゲ……」

そのまま、彼女は目を閉じてしまった。

「レイゼル。おい、店主！　……チッ」

シェントロッドは舌打ちすると、チラッ、と彼女と湧き水を見比べた。そして、そっと彼女の肩を抱き起こし、もう一度だけ呼びかける。

「レイゼル」

レイゼルの頭は、ごつん、と力なく彼の胸にぶつかった。完全に意識を失っているようだ。呼吸が浅い。

「そのまま眠っていろ。医者のところへ連れて行くからな」

シェントロッドはレイゼルを抱き上げ、しっかりと胸に引き寄せた。

暗い場所を、猛スピードで振り回されるような感覚と、ふわふわと浮いて上下がわからないような感覚が、交互に訪れた。

しかし、やがてそれも収まり、レイゼルは柔らかな闇にくるまれて微睡(まどろ)む。

(身体が、自分のものじゃないみたい……私、どこにいるの……?)

力を込めると、ぴくり、と指先が動いた。


目を開くと、カーテン越しの陽光がぼんやりと部屋の様子を浮かび上がらせている。

レイゼルは、ベッドの中にいた。

「レイゼル!」

彼女をのぞき込んでいるのは、医師のモーリアンだ。すぐ横から、ミロも顔を出す。

レイゼルは、声を出すことこそできなかったが、目を細めて微笑みを作ってみせた。

「ああ、よかった!」

安堵(あんど)するミロ。そしてモーリアンが禿頭(はげあたま)を片手で撫でながら、大きく息をつく。

「ここは診療所だよ、間一髪だったね。覚えているかい? 森の中で倒れているところを、ソロン隊長が助けてくれたんだ。レイゼルがかろうじて、ラルヒカの毒だと隊長に告げたから、すぐに処置できた」

「ラルヒカって、トゲトゲのツタみたいなやつだろ。オレ、小さい頃にフィーロの近くで一度見たことある」

ミロが言う。彼は『神様の庭』に来る前、フィーロ近郊で暮らしていた。

「トゲが刺さると腫れて痛いって聞いたことがあるけど……。こんな、死にそうになるほど強い毒じゃないよな？」

「……わたし」

ささやくような声を、レイゼルが押し出す。モーリアンとミロが耳を近づけると、彼女は続けた。

「子どもの、ころに、一度……」

「やはりそうか。刺さったことがあるんだね」

モーリアンがうなずく。

「ラルヒカは、一度刺さると身体がそれを覚えていて、二度目の方が強く影響が出る。危なかったね、レイゼル」

「森で……見たこと、なくて……」

「そうだな、私も東の森には生えていないと思っていた。村の全員に、注意するよう伝えておかなくては」

レイゼルは小さくうなずく。

ミロはホッとしたように、

「みんなに、レイゼルはもう心配ないって伝えてくるよ！　あ、あと、ラルヒカのことも！」

と言って、飛び出して行った。

レイゼルはミロを見送ってから、視線だけを動かしてあたりを見回した。モーリアンが察して言う。

「ソロン隊長なら、背負いカゴを取りに森に戻った。レイゼルが集めていたチーダの殻が、今のレイゼルの症状に効くと言ったら、行ってくると」

「……じんま、しん」

「そう。まだ赤みが強いからな。さぁ、話すのも辛いだろう、休みなさい」

レイゼルはボーッとしながらうなずく。

（隊長さん、私を運んでくれたんだ。界脈流……は、きっと読む暇なんてなかった、よね。こんな状況だし。森からここまで運ぶのなんて、遠くて大変だっただろうな……）

お礼を言わないと……と思いながらも、レイゼルはまたウトウトと眠りの世界に落ちていった。


シェントロッドは、湧き水から出現すると視線を巡らせた。レイゼルを発見したそのあたりには、背負いカゴは見あたらない。

彼は、彼女が足を引きずるようにして歩いた跡をたどっていく。

しかし、目ではカゴを探していても、頭の中では別のことを考えていた。

（……どういうことなんだ）

今朝、薬草茶の店を訪ねた時にレイゼルが、ゴドゥワイトの薬草店に興味があるようなことを言った。

そこで、シェントロッドが「行きたいなら連れて行く」と答えると、彼女は迷惑になるからと辞退したのだが……

（あの時は、詳しいことを話さないままだったが……俺のような界脈士と一緒なら、簡単な移動方法がなくもない）


実は、界脈士は界脈を通り抜けて移動する際、一人だけなら『同行』できるのである。ただし、それには条件があった。

通れるのは、表出している界脈であること。基本的には川。

そして、同行者が完全に、意識を失っていることだ。


（つまり、モノとして運ぶことなら、できる。眠っているだけだと危険で同行できないが……途中で起きれば界脈から弾き出されてしまうからな）

春先の落盤事故の際、鉱山の男たちを同行して連れ出すことができなかったのは、表出していない鉱脈だったからである。さすがに、鉱脈に人間族を通すのは無理があった。

（アザネ村には川が幾筋も流れているし、今回レイゼルは毒で意識を失っていた。急がなくては命を落とす局面だと思ったから『同行』した）

そのために、シェントロッドはレイゼルを抱き上げると、自分の界脈流にレイゼルの界脈流を寄り添わせた。

つまり――

――レイゼルの界脈流を、読んだのだ。


「はぁ……」

シェントロッドはため息をつく。

すぐに、気づいた。彼女のそれが、知っている流れであることに。

疑いようもない。レイゼルの界脈流は、『レイ』のものだった。

レイゼルは、王都でシェントロッドの下で働いていた、レイだったのだ。


「なぜだ。レイ」

シェントロッドはつぶやく。

レイゼルを『同行』して界脈流を通り抜け、モーリアン医師のところに送り届けたものの、彼は混乱していた。だから、レイゼルに解毒薬が使われ、命が助かったと確認してすぐ、診療所を出たのだ。

そう、彼はかなり混乱していた。

（なぜ、俺に黙っていたのだろう……？）

かつて共に仕事をしたシェントロッドに、レイゼルは自分がレイであることを隠していたことになる。

もしも、レイゼルと再会してすぐにシェントロッドがそのことに気づいたなら、彼は王都時代のようにレイを詰問（きつもん）していただろう。

しかし、今の彼にとってレイゼルは、いなくてはならない重要な存在になっていた。その上、彼女の過去も、もう知っている。

（いきなり問い詰めるような真似はできない。何か、深い理由があるのでは？）

……実際のところ、レイゼルは村の人々に恩返しをしたくて王都で薬について学ぼうとし、王都は危ないと反対されたので、男装して身を守った——というのが全てである。それ以上でも以下でもない。

しかし、百五十歳も近いリーファン族であるシェントロッド・ソロン、それなりの人生を歩んできた男は、思いきり、深読みした。

（薬学校に通うために王都に……いや、勉強はフィーロでもできる。あえて王都の学校を選んだのは、彼女の養母エデリの件があったからか？　エデリは王都で裁判にかけられたのだから、それがらみで当時のことを知ろうとして……。いや、そういえば知り合いがいると言っていたな。もしやエデリのかつての客と何か……）

転がっている背負いカゴが、視界に入った。無意識のうちに、シェントロッドはカゴを拾い上げる。

（そうか、レイゼルがエデリの娘であることを知っている者が王都にいたのかもしれない。身元を隠したくて、そいつに知られないように男装をした可能性もある）

彼の想像は、さらに広がる。

（待てよ。エデリの顧客はリーファン族にもいたという。まさか、界脈調査部に来たのも何か裏が……？　それで俺に隠しているのか？）

今度は一人なので気脈を通り抜け、シェントロッドは診療所の前まで移動した。

たまたま近くを通りかかった村人が、いきなり出現した彼にギョッとして目を剥く。

「ソ、ソロン隊長、びっくりした。こんにちは」

「ああ」

「レイゼルを助けてくださったそうで！　ありがとうございます、ソロン隊長が警備隊に来て本当によかった！」

「ああ」

上の空で返事をしながら、彼はステンドグラスのはまった診療所の扉を開けた。

ちょうど受付のところにモーリアンがいて、振り向く。

「ああ、ソロン隊長、チーダの殻ですね？　助かります、ありがとうございます」

「うむ」

考えに沈みながら、彼はカゴをモーリアンに渡した。モーリアンは微笑む。

「これがあれば、一日、二日でレイゼルの赤みは引きますよ」

「そうか」

「レイゼルは今、眠っていますが、ソロン隊長のことを気にしていました。顔を見て行かれますか」

「ああ。……いや、今はやめておこう」

「そうですか？」

「後を頼む」

ぼそっと言って、シェントロッドは踵を返した。

その様子を、モーリアンは不思議そうに見送った。


診療所を出たシェントロッドは、一つ、深呼吸した。

（とにかくレイゼルは、自分がレイだったことを俺に知られたくないのが明らかだ。それなら、俺は知らないふりをするべきでは？　……しかし、彼女が何か困っているなら助けたいが……）

ぐるぐると、考えは巡る。

（彼女の隠し事にリーファン族が関わっているのなら、リーファン族の俺がどんなに助けようとしても、彼女の負担になるだけだ。下手に問い詰めて、苦しんだ彼女が倒れでもしたら）

結論の出ないまま、シェントロッドは仕事に戻ったが、その日は一日上の空で部下たちに心配される始末だった。

（……一つ、確かなのは）

彼は、胸に重苦しさを抱えながら、苦笑する。

（金物店のジニーが思っているようにはいかない、ということだ。俺はレイゼルを特別に思っているが、レイゼルはそうではない。彼女は俺に、秘密という名の壁を作っているのだから）

――この後、彼はレイゼルに本当のことを聞けないまま、悶々とした日々を過ごすことになる。


森でラルヒカの毒にやられてしまったレイゼルは、五日の間、モーリアン医師の診療所で過ごす羽目になった。

幸い、処置が早かったので症状はすみやかに引き、後遺症も残らなかった。しかし、レイゼルは元々虚弱体質である。ちょっと寝込んだだけでも、体力が回復するまでに時間がかかるのだ。

「今は一人になっちゃダメだよ、レイゼル！」

「食事なら差し入れるからね！」

「しばらく入院しな！」

心配した村人たちは、レイゼルが水車小屋に帰りたがるのをなんだかんだ言って引き止めた。

彼らは、薬草茶の店の棚のどこにレイゼル用の薬草茶が調合して置かれているのか、知っている。

それをちゃっちゃと持って来られて、

「ここで煎じてあげようね」

と言われてしまえば、レイゼルも大人しく過ごさざるを得なかった。

その間、シェントロッドは、診療所に顔を出さなかった。

(アザネ村は、一つの大きな家族のようなものだ。そんな人々がレイゼルを見ているなら心配ない。……俺など、いなくとも)

微妙にいじけている感のある彼は、警備隊本部のあるフィーロ市で数日を過ごした。

ここで思い出してほしいのが、本部の隊員たちはシェントロッドとレイゼルがいい仲だと誤解している、ということである。レイゼルが火脈鉱を買いにフィーロ市に来た時、一緒に暮らしているかのような会話を彼と交わしたのがきっかけだ。

「隊長、すっごい不機嫌なんだけど」

「アザネに行かないしな。……あの、人間族の細っこい子と何かあったんじゃない?」

「普通に考えて、喧嘩(けんか)したんだろうなぁ」

「よく効く薬草茶を作るって聞いたけど、どんな子かな」

隊員たちは噂(うわさ)し合った。

そして、さらにそれから数日。

診療所から店に戻って三日目のレイゼルは、放ったらかしだった菜園から収穫すべきものを収穫し、煮たり干したりして過ごしていた。

「隊長さん、来ないなぁ……」

干した薬草を薬草棚にしまいながら、レイゼルはつぶやく。

来たらお礼を言おう、と、彼女はシェントロッドを待ち構えていた。森で助けてもらってから、彼とは一度も顔を合わせていないのだ。病み上がりの今は、さすがにフィーロ市まで訪ねて行くわけにもいかない。

ふと振り向いて、背の高いスツールを眺める。結果的にシェントロッド専用になっているそのスツールに、今、彼はいない。

（そういえば、一週間を超えて会わないなんてこと、あったかしら？　……何だか、変な感じ）

彼の姿がないことに、彼女は一抹の寂しさのようなものを感じた。

（存在感のある方だから、その分、こう……ぽっかり空いてしまったような感じがするのかも。きっと、お忙しいんだろうな。そういえば王都でも仕事仕事だったし。ここでゆったりしてる姿の方が珍しいもの）

ここでしかゆったりしていない、ということに気づいていない、鈍いレイゼルである。

そこへ――

ふっ、と、戸口に影が差した。

警備隊の、藍色の隊服。

「あ」

隊長さん、と言いかけて、レイゼルは口をつぐんだ。

「どうも」

人間族の、若い男だった。

警備隊の隊員ではあったが、シェントロッドではない。アザネ村に常駐している隊員でもない。

襟に、フィーロ市の市章をつけている。

「フィーロの本部の方ですか？　こんにちは、お疲れ様です」

「あ、うん、そう。ちょっと仕事でアザネまで来たもんで」

隊員は店の中を見回した。

彼は、伝令役の隊員だった。シェントロッドがアザネ村の隊舎に行かないので、代わりに定期連絡に来たのである。

そして彼は、隊長と噂になっている薬草茶の店の店主に興味津々で、同僚たちを代表して（？）偵察に来たのだった。

「小っさ……」

「え？」

「あ、すいません、こぢんまりとした雰囲気のいい店だね！」

隊員はニコニコと言ったが、内心では、

（こんな小っさい店に、あの長身の隊長が、この小っさい子と暮らしてるのか……？）

といぶかしんでいる。

「えーと、その、疲れが取れる薬草茶なんかあるかな」

「ええ、もちろん！」

レイゼルはその隊員に色々と質問し、処方録（カルテ）に書き留めると、彼に合う薬草茶を調薬した。

土瓶に入れて煎じ始めると、隊員は香りを吸い込み、そしてため息をつく。

「はー、なんか、気持ちいい。じんわりして……本当に疲れが取れる」

レイゼルは気遣って、世間話をする。

「フィーロ本部、お忙しいんでしょうね」

社交辞令に近いような言葉ではあるが、彼女の脳裏には、最近来ないシェントロッドが忙しくしている様子が浮かんでいた。

しかし、隊員はさらっと、こう答える。

「いや、そうでもないよ。最近、事件らしい事件もないし」

「……そうなんですか？」

レイゼルは、何となくモヤモヤしたものを感じながら、首を傾げた。

「隊長さんがいらっしゃらないので、てっきり……」

「えっ、あっ」

隊員は視線を泳がせる。

その様子を見て、レイゼルは戸惑いを顔に出してしまった。

（じゃあ、どうしてお店に来なくなったのかしら。……あれ？　もしかして私、何かしてしまった……？）

「あの……」

　彼女は言葉を選びながら、言った。

「薬草茶の店の店主が、お礼をしたがってるって、隊長さんに伝えていただけますか？　先日、助けていただいたんです」

「そ、そうなんだ？　うん、わかった、伝えるよ」

　隊員は請け合った。

　レイゼルは微笑み、そして――

――物思いに沈んでしまった。

　土瓶の中で、くつくつと薬草茶が煮える音だけが、店に満ちる。

　隊員は、シェントロッドがここで暮らしているという噂はどうやら真実ではなかったらしい、と察した。同時に、自分が何か失言をしたことも。

　そこから話が弾むこともなく、隊員は彼女の様子をチラチラ気にしていたが、結局できあがった薬草茶を飲んですぐ、帰って行った。

　レイゼルは菜園に出ると、ベンチに腰かけた。ぼーっと薬草の緑や花々を眺めながら、どこか、胸の奥が詰まったように感じる。

（何だろう、この気持ち……。まだ本調子じゃないせいかしら。それとも、秋だから？　秋は、何もなくてももの悲しい気持ちになるもの。ちょっと、薬草茶の調合を変えてみようかな）

けれど、色々と考えを巡らせてみても、しっくりくる調合を思いつくことができない。集中できない。

彼女は結局、その日は早めに店じまいして、夜も早く床についてしまった。

ロンフィルダ領の中心部、フィーロ市。夕方。

警備隊隊長のシェントロッド・ソロンは、隊長室の椅子に腰かけていた。テーブルに両肘をつき、手を組んで、机の前に立っている隊員をじろっとねめつける。

「……今、何と言った？」

「は……ええと……その」

冷や汗をかき、口ごもりながら、隊員は答えた。

「アザネ村の、薬草茶の店の店主から、伝言を頼まれまして……隊長に、お礼をしたいと、言っていました……」

「店に行ったのか」

「は、はいっ……いやその、評判がいいので、どんな店かと」

「そして俺の話になったと。彼女はどう言っていた」

「た、隊長が最近いらっしゃらない、と」

「お前がアザネから戻ってきたのは、昨日だな。なぜ今日のこの時間まで、それを伝えに来なかった」

「う……」

ちょっと偵察するだけのつもりが、警備隊が特に忙しくないのにもかかわらずシェントロッドが薬草茶の店に来ていないという事実を明らかにし、その結果、店主は落ち込んだ様子を見せた。

隊員は、自分が失言をしたことを重々悟っており、なかなかシェントロッドに報告に来られなかったのである。

「た、隊長！」

ここまでやらかしたのだから、もう破れかぶれ。

隊員はビシッと背筋を伸ばして、言った。

「以前、店主がフィーロの隊舎に来た時とはずいぶん違って、塞いだ様子でありました！　あまり彼女を知らない自分でさえ、心配になりました！　以上です！」

ぎくしゃくと、隊員は回れ右をし、隊長室を出ていった。

「………………はー…………」

シェントロッドは、組んだ両手に額をつけ、ため息をついた。

彼は知っている。レイゼルは、心の状態がすぐに体調に響いてしまうのだと。

（昨日、塞いだ様子だったなら、今日にはもう体調を崩しているかもしれない）

考え込みながら、顎を撫でる。

(何をためらうことがある。俺はただの客だ)

かつてレイゼルは、リュリュに「隊長はただのお客」だと言い聞かされたことがある。シェントロッドはそんなことなど知らないが、意図せず、同じことを自分に言い聞かせた。

(そう。客として、店主が体調を崩してしまっては困る。薬草茶が飲めなくなるからな。スープもだ。店主が俺に助けられたことを気にしているなら、十倍の礼をさせてやればいい。それですっきりして、塞ぐこともなくなるだろう)

レイゼルが彼に隠し事をしている理由が何なのかは、ずっとずっと気になっていた。

しかし、ただの客がそこに踏み入る必要があるだろうか。

(行こう。店主の具合を悪くさせないためには、早い方がいい。そして、薬草茶を飲んで帰ってこよう)

シェントロッドは立ち上がった。


シェントロッドが川から上がると、西の山は黒々とした陰になり、山際は茜色に染まっていた。水車のパシャパシャと回る音に、虫の声がリリ、リリ、と混じっている。

昼間の暖かさがほんのりと残る中、薬草茶の店の扉はまだ開け放され、灯りが漏れていた。中から、物音はしない。

シェントロッドは、いつもここを訪れる時と同じように、まっすぐ店に近づいた。戸口に手をかけ、頭をぶつけないようにくぐり――


ギョッとして目を見開いた。

レイゼルが、頭にすっぽりと布をかぶっている状態で、作業台に突っ伏して動かないでいる。

「おい！　どうした⁉」

シェントロッドは長い足を大股に踏み出して一歩で近づくと、がっ、と彼女の腰に手を回して抱き起こした。勢いで、レイゼルの足が浮く。

「きゃあ⁉」

悲鳴が上がり、レイゼルが布を跳ねのけながら彼を振り仰いだ。華奢（きゃしゃ）な手でとっさに彼の腕につかまり、バランスをとる。

「た、隊長さん⁉」

「何をしている⁉」

シェントロッドは彼女を抱え上げたまま、作業台に視線を走らせた。

浅い桶から、ふんわりと湯気が上がっている。桶の中には何種類かの葉や花が入っているが、とにかく湯が入っている。

「湯に顔をつけて……？　死ぬだろう⁉」

虚弱なレイゼルが湯に顔をつけたままじっとしている、という、もうそれだけで、シェントロッドの目には死にそうに見える。

「つ、つけてません！」

頬を上気させたレイゼルは、あわてた様子で説明した。

「薬草茶を煎じる時と同じです！　体にいい薬草をお湯に入れて、蒸気を吸い込むんです」

「あ？」

「ええと、胸の中が潤うし、お肌も綺麗になるし、血行も良くなるんです。最近ちょっと、薬草茶だけでは体調が回復しなかったので、試してみようと」

「そ、その布はなんだ」

「こう、桶ごと頭を包んで、蒸気を逃がさないように……」

「……そうか」

シェントロッドはようやく、彼女の身体を下ろし、放した。

レイゼルは、まだ頭に引っかかっていた布を肩に落とし、ぱちぱちと瞬きをしていたが――

――やがて、にこ、と微笑んだ。

「心配してくださって、ありがとうございます。私、隊長さんに心配かけてばっかりですね」

「…………」

シェントロッドは、そんな彼女の顔をじっと見つめた。

そして、ふと、口角をわずかに上げる。

「そうだな」

「え？」

その微笑みを驚いたように見つめるレイゼルに、彼は言う。

「いや。お前の言う通り、俺はお前をしょっちゅう心配している気がする」

「はい、ご、ごめんなさい」

「謝る必要はない。俺にとっては、自然なことだ」

シェントロッドは、悟っていた。

レイゼルが、彼に隠し事をしていようがしていまいが、彼の方の気持ちは変わらないのだ。

シェントロッドは、レイゼルを、いつも気にかけている。これからもそうだろう。

レイゼルは改まった様子で、言った。

「隊長さん、この間も、ありがとうございました。おかげで、命が助かりました」

「俺の方が、何かあったら呼べと言ったんだ。まあ、その通りにならない方がもちろん良かったがな」

少々呆れたように鼻を鳴らしつつ、シェントロッドは何となく、黒の皮手袋をしたままの手を伸ばした。半分無意識で、蒸気で額にはりついたレイゼルの前髪をよける。

「とっさの時に、よく俺を思い出してくれたな」

レイゼルは、されるがままになりながら、また目をぱちぱちさせた。

上気していた頰の赤みが、ぶわっと広がり、顔全体が真っ赤になる。

「は、はい……」

「おかげでお前は、俺に恩返しができるわけだ。何やら礼をしたいと聞いたが」

「そっ、そうですっ！　十倍……にできるかどうかはわかりませんけど」

「スープ十食」

「へ？」

「俺にとって、お前の作る食事は界脈と同様、命の糧だ。今日から十食、連続で食わせろ」

「……はい！」

レイゼルは髪をササッと整えると、早速、作業台の下のカゴから野菜を取り出した。濃い緑色で、ゴツゴツした外見をしており、レイゼルの頭くらいの大きさがある。

「頂き物のナンプカンです。割ると、中はジオレン色なんですよ。これでスープを作りましょう」

「固そうだな。割るくらいはやる」

シェントロッドは手袋を外す。

「あっ、ありがとうございます」

いつかのリリンカの実の時のように、シェントロッドはレイゼルを手伝った。彼がナンプカンを一口大に切っている間に、レイゼルは先に彼の薬草茶を用意している。

「ナンプカンは、真ん中の方は煮て潰して、トロトロのスープにすると美味しいんです。どこかの地方の言葉で、ポタージュっていうそうなんですけど。皮に近い方は、明日にでも別のスープの具にしようかな。ワタも刻んで入れてしまえばいいし、種は煎ってお茶にできます。ナンプカンは捨てるところがないんです」

機嫌良く説明しながら、土瓶をかまどにかけるレイゼル。

その様子は、シェントロッドから見て、彼に隠し事をして後ろめたいといった風には見えなかった。

手伝いを終え、スツールに腰かけたシェントロッドは、レイゼルを眺めながら考える。

(毒薬師エデリの件も、レイゼルは村の大人たちのために、ずっと俺や若者たちに秘密にしていた。こいつは、他人のために何かを抱え込む。『レイ』だったことを俺に秘密にしているのも、裏に事情があるはずだ)

繰り返すが、実際にはたいした事情はない。しかし、リーファン族のシェントロッド・ソロン百四十九歳は、さらに考え込む。

(もし、彼女がまだ何かを抱え込んでいて、それが俺に関わることだとしたら……俺のために彼女が苦しんで寿命が縮むのは本意ではない。ただでさえ短命な人間族だ)

「隊長さん？」

「あ？」

声をかけられて、深い思考の底から浮上すると、レイゼルが薬草茶のカップをトレイに載せて差し出していた。

「どうぞ。スープもうすぐできるので」

「ああ」

カップを受け取り、一口すする。

しばらく飲んでいなかったそれが、身体に染み渡っていく。

（……隠している事情だけでも、どうにかして知っておきたいものだな。俺が知ったことを彼女に言うかどうかは別にして、だ）

「……隊長さん？」

眉間にしわを寄せている彼に気づき、レイゼルは心配そうに顔をのぞき込んだ。

「味、変ですか？」

「いや。いつもの味だ」

（今のこいつは、俺が来たことを喜んでいるように見える。しかし、それは礼をしたいと待ち構えていたからで、隠し事をしている以上、秘密を暴かれることを良しとはしないはずだ。あまり彼女に踏み込むことなく、距離を保ちつつ、調べるべきだろう。そう……近づきすぎないように）

シェントロッドは元々、物事をやや深刻に考える癖がある。レイゼルについてはエデリの件もあり、悪い想像をしてしまった。

（もし、隠し事の原因が俺、もしくはリーファン族だった時は……。俺はいつか、店主の店に通い続けることは、できなくなるのかもしれないな）

「はい、できましたー。『ナンプカンのポタージュ』です！」

トレイの上で、濃いジオレン色のスープが湯気を立てている。シェントロッドがスプーン（これももはや彼専用になっている）を入れると、荒くつぶれて粒の残ったスープが、ランプの灯りにつやつやと光った。

「……ん。美味い。甘いな」

「よかった。……あれ？」

レイゼルは胸元を押さえ、首を傾げている。

「どうした」

「いえ。このところ、胸がつかえるような感じがしてたんですけど、急に取れたなって……」

えへへ、とレイゼルは笑った。

「あ、さっきの、蒸気のが効いたのかも」

「ずいぶん効果があるものだな」

「隊長さんもやってみますか？」

「……まあ、そのうち……。しかしあれは、知らない者が見たら驚くぞ」

「そ、そうでしょうか。そういえば、どうしてしばらくおいでにならなかったんですか？　お忙しいのかと思ったら、本部の隊員さんが、今は忙しくないって」

「……あいつめ……」

「はい？」

「いや。別に、仕事でなくとも俺にも用事はある」

「！　ですよね、すみません！」

『レイ』だったことを悟られないよう、ひっそりと人間族なりの方法で、王都時代の恩を返していこうと思っているレイゼル。

レイゼルが『レイ』だったことを知ってしまい、しかしそれを口にすることなく、裏事情を調べようと思っているシェントロッド。

二人は薬草の話や村の話などをしながら、穏やかに、秋ならではの甘いポタージュを楽しんだのだった。

第四章 ベルラエルが来た ～潤いのキノコスープ～

秋晴れのある日、アザネ村の警備隊隊舎の玄関で、中年の男性隊員が立ち番をしていた。

彼は、ふと目を細める。

夏でもないのに、目の前の空間が陽炎（かげろう）のようにユラリと揺らいで見え――

――一瞬の後、そこに緑の髪の人物が立っていたのだ。

（ソロン隊長？　いや、違う、隊長は今、隊長室に……それじゃあ）

近づいてきたその人物は、女性だった。凹凸のくっきりした身体を、警備隊のものとは異なる軍服に包んでいる。縦に巻かれた美しい髪を、左手でさらりと背中に流し、彼女は隊員の前で立ち止まった。

緑の瞳が、隊員を見つめる。

「ここは、警備隊の隊舎で間違いないかしら」

「は、はい！　ご用件は！」

「シェントロッド・ソロンに面会したいの」

彼女は妖艶に微笑んだ。

「リーファン王軍、界脈調査部から、ベルラエルが来た……と伝えてちょうだい」

隊長室に案内されてきたベルラエルを、シェントロッドは立ち上がりつつもいぶかしげな表情で迎えた。

「ベルラエル。こんなところまで珍しいな」

昨年夏にシェントロッドが王都を離れて以来、当分は会わないだろうと互いに思っていた二人だが、なんだかんだでおよそ半年ぶり二度目の再会である。

「まぁね」

普段なら常に微笑みを浮かべているベルラエルだが、今日はどこかツンとした表情だ。

「フィーロの本部にいるのかと思って、一度はそっちに行っちゃったわ。あなたが今日はこっちにいると教えられて。……なんだか狭苦しいわね、天井がもうちょっと高くてもいいのに」

ベルラエルは隊長室を見回してそう言うと、やがて執務机の前にあるソファに腰かけた。

「あなたに用事があって来たのよ。座って」

「…………」

シェントロッドは執務机を回り込むと、ローテーブルを挟んで彼女の正面に座る。

「ずいぶんと不機嫌だな。どうした」

話し始めながらも、彼は内心、密かに心配していた。

もちろん、レイゼルのことである。

もしもベルラエルがレイゼルに会って、いつもの調子で握手し界脈流を勝手に読んでしまったら、彼女が『レイ』だとバレてしまうだろう。ベルラエルはレイを気に入っていて、レイの都合などお構いなしに自分のそばに置きたがっていたから、レイゼルがレイだとわかればまた強引な申し出をするかもしれない。

「どうもこうもないわよ」

ベルラエルは腕組みをした。

「とりあえず、用件から言うわ。シェントロッド、界脈調査部に戻って」

「は？」

彼は眉をしかめた。

「何の話だ」

「大隊長が替わったの。オルリオン・アグルよ」

投げやりに言ったベルラエルの言葉で、シェントロッドはある程度、事態を把握した。

「アグル家か」

「ええ、そう。あの口うるさい家ね」

リーファン族は、リーファン族同士が正式に名乗るのであれば、出身地+個人名+家名という形で名乗る。が、普段は個人名で事足りるので、そうしている。

あえて家名を名乗る人物がいれば、それは特別な家柄の者だった。リーファン族の始祖から生まれた三人の子が興した『アグル家』『ノール家』、そして『ソロン家』である。この三つの家は、人間族でいう王侯貴族に当たる。

中でもアグル家は結束が固く、家名を誇りにしていて、リーファン族は三つの家が導いていくのが正しい形であると強く考えていた。そのため、軍の要職には三つの家出身の者が就くべきだと、普段から主張している。

そんな家の人物が、界脈調査部が属する大隊の長になったわけだ。ちなみに、そのオルリオン・アグルという男は、年齢で言えばシェントロッドとそう変わらない。

「私ではなくて、シェントロッド・ソロンが部長になるべき、ですってよ。しかも、私自身にシェントロッドを説得に行けって。何なのかしら、この仕打ち」

ベルラエルは相当、腹に据えかねているようだ。

「とにかく、そういうことよ。戻って」

「おい……。俺は隊長になったばかりだ」

「そんなの、また代わりを探せばいいじゃない。身体も治ったんでしょ？」

ベルラエルは立ち上がった。

「とにかく、検討してちょうだい。私は伝えましたからね」

「俺は部長などやる気はないんだが」

「じゃあどうするのよ、私がごちゃごちゃ言われるのを放っておく気？　ああ、そうだ」

ベルラエルはやや皮肉げに微笑んだ。

「どうせ部長職を降ろされるなら、私が代わりにここの隊長、やってあげましょうか」

冗談ではない、と、シェントロッドは思う。

人間族を対等に見ていない彼女が、人間族の領地を守ることなどできるわけがない。

（それに、レイゼルの住む村を、ベルラエルが警備することになったら……）

「お前に向いているとは思えないが」

ただそれだけ、短く返事をすると、ベルラエルは頬を膨らませた。

「あなたも相当、失礼よねー。ま、さっきのは冗談だけれど。明日にでもまた来るわ」

「待て、明日は俺はフィーロにいる」

「あ、そう。じゃあフィーロ本部に行きます」

ベルラエルはうなずき、執務机を無造作に回り込んだ。そして窓を開けると、忽然と姿を消した。

気脈に乗ったのだ。

（全く。別に俺でなくとも、始祖の子の血脈はいるだろう。たまたま俺が最近まで調査部にいたからといって……。さて、この件、どうかわすかな）

シェントロッドはぶつぶつ考えながら、しばらく待った。

ベルラエルが戻ってこない、と確信してから、立ち上がって隊長室を出る。隊員をひとり捕まえて、こう言った。

「フィーロに行って、すぐに戻る」

そして、足早に隊舎を出ると、すぐそこの川から水脈に乗った。気脈に乗らないのは、単に好みである。

行き先はフィーロ市……ではない。フィーロ市だということにしただけだ。

実際には、目的地は薬草茶の店である。薬草茶を煎じる間の世間話にでも、王都からかつての同僚が来て……とか何とか言っておけば、あとは彼女の方で警戒するだろうと思ったのだ。


ところが。

薬草茶の店に到着してみると、店の前には処方録用の木の板（ボード）が立てかけられ、メモが留められていた。

『採取に出かけてきます』

「あいつは……」

シェントロッドは前髪をかき上げて、ため息をつく。

しかし、まさか森の中を捜し回ってレイゼルを見つけだし、さりげなく世間話、というわけにもいかない。全くさりげなくないからである。

「……まあ、明日フィーロで会うと約束したのだから、もうアザネには来ないと思うが……」

しかし、ベルラエルがどんな気まぐれを起こすかは、誰にもわからない。レイゼルにはもちろん、伝えておいた方がいいに決まっている。

「夕方、また来るか」

薬草茶の店に背を向けながらも、かつてないほど、みぞおちのあたりがヒヤリとするのを感じるシェントロッドだった。


レイゼルは夕方、森から店に戻ってきた。

十日連続、シェントロッドにスープを作る約束の八日目である。スープ作りで出た野菜くずがたくさんあるので、今日は野菜だしを取って、キノコを何種類か入れたスープにするつもりだ。

「キノコ、たくさん穫れたなぁ。半分は干そうかな」

ボードを回収して店に入り、レイゼルは背負いカゴを下ろした。上着を奥の部屋のコートかけにかけてから、さっそくスープを作り始める。

「ガリクの球茎を少し入れようっと。コクが出るし」

鼻歌を歌いながら、ガリクを刻む。

いい香りがし始めた頃、シェントロッドがやってきた。

「入るぞ」

「あ、こんにちは、隊長さん」

レイゼルは挨拶をすると、薬草茶の準備をしようと薬草棚に近寄った。

「隊長さん、今日、ちょっと薬草茶の配合を変えてみたいんです」

「なぜだ」

「秋仕様といいますか……乾燥してきて、喉を痛めやすくなるので、身体が潤う薬草を入れようと思って」

「そうか。わかった」

短く答え、スツールに座るシェントロッド。レイゼルは土瓶をかまどにかけた。

「よし。しばらくお待ちください」

「うむ」

「スープも、身体を潤すものにしますね。秋は白い食材がいいんです。ちょうど白いミミキノコを干したものがあるので、キノコスープにこれも入れましょう」

「ああ」

（あれ、隊長さん、何だか上の空？　疲れているのかしら）

気になって、疲れに効く薬草をいつもよりやや増やしてみるレイゼルである。

しばらく、店の中は鍋がコトコトいう音と、水車が回る音だけになった。

「そろそろお祭りの時期ですね。隊長さん、今年もいらっしゃるんでしょう？」

レイゼルが尋ねると、シェントロッドは「あ？　ああ」とうなずく。

「そうだな。今年は何か、俺も持ち込むものを考えよう。蜂蜜酒がいいか」

「みんな、喜ぶと思います！　私も今年はちゃんと、リーファン族がお酒を気持ちよく飲めるような薬草茶を用意しておきますから」

彼女がそう言ったとたん、シェントロッドが軽く背筋を伸ばしたような気がした。

「あー、レイゼル。リーファン族といえばだな」

「はい？」

「今日、珍しく王都からリーファン族が訪ねてきた」

「えっ」

レイゼルは目をぱちぱちさせる。

「お知り合いですか？」

「ああ。前の職場の同僚だ」

ぎくっ、と、レイゼルは動きを止めた。

（ど、同僚⁉　まさか、ね……）

シェントロッドの前の職場といえば界脈調査部で、真っ先に思い浮かぶのはベルラエルの顔だ。

もちろん、ベルラエル以外にも職員はいたので、そのうちの誰なのかはわからないが。

ふと気づくと、シェントロッドはじっと、レイゼルを見つめている。

彼女は気を取り直して言った。

「ええっと、じゃあその方は、隊長さんに会いに来られたんですね」

「ああ。用件だけ言ってさっさと帰ったが、明日またフィーロで会うことになっている」

「そうですか」

（じゃあ、もうアザネには来ないのかな？）

密かに少しホッとしていると、シェントロッドはレイゼルを見つめたまま言った。

「店主の薬草茶は、フィーロでも評判を聞くことがある。もしかしたら俺以外にもリーファン族の客が、ここに来ることもありえるかもしれないな」

「そ、そうでしょうか？　こんな小さな村にまで？」

「界脈士ならすぐだ」

（そうだった。ある日突然、店の前に現れる……ってこともあるんだわ）

レイゼルは不安になった。

（別に、リーファン族が来るのが嫌なわけではないけど……例えばベルラエル部長が、明日フィーロに行って……そこで私の薬草茶の噂を聞いて興味を持って、なんて可能性も……）

「おい、店主。薬草茶はそろそろいいんじゃないか」

「あっ！　すみません」

レイゼルはハッと我に返って、土瓶から慎重に薬草茶をカップに注いだ。

「どうぞ」

「うん」

カップを受け取り、シェントロッドは一口飲む。何か考え込み、さらに一口。

「……そういう意味でも、俺は警備隊を離れられないな」

「え？」

スープの鍋を見ていたレイゼルは、驚いて振り向いた。

「な、何の話ですか？　警備隊を離れるって」

声がうろたえてしまった。

そんな彼女の様子を見て、シェントロッドも少し驚いた表情になる。

「ああ……王都に戻ってこないかと誘われただけだ。何だ、そうなったら嫌なのか？」

「そ、えっ、あ、当たり前じゃないですか！」

レイゼルは前のめりに答えた。

レイゼルにとっては、もはやシェントロッドもアザネの一部、自分の一部のような感覚である。嫌なのか、などと彼に聞き返されること自体、心外だった。

「そうか。嫌なのか」

シェントロッドは何やら噛みしめるように繰り返し、またグビッと薬草茶を飲む。

「それならよかった」

「？　……ええと、今日来られた方は、そのお話を持ってこられたんですか？」

「ああ。それで、明日返事をしなくてはならない。俺は今の職が気に入っているから、元々断るつもりではあったんだが、後腐れなく、関係者が今後もこの話を持ってこない形でスパッと断るにはどうすればいいだろう、と思っていた。お前のこともあるし、そうしたい」

「私のこと？　私が何か……？」

「スープは？」

「あっ、はいっ」

レイゼルはまたもやハッとなって、鍋に向き直った。キノコをたっぷりと器に盛る。

細いキノコはくったりと、短く太いキノコは汁気をたっぷり含んで艶めき、白いミミキノコは花のようにひらひらと咲いていた。

「どうぞ。えっと、『潤いのキノコスープ』です！」

レイゼルは器をシェントロッドに渡すと、自分の分も用意し、向かい合って自分もスツールに座った。

二人はいつもの位置で、食べ始める。

（お腹が温まったら、少し落ち着いたけど……。何だか色々なことが急に来た感じ。ベルラエル部長のこと、それに隊長さんが王都に戻る話……）

半分ほど残った器の中身を見つめながら、レイゼルは口を結ぶ。

（ううん、それは断るんだっけ。それに、店にリーファン族が来るのは意外でも何でもないんだから、ベルラエル部長が来る可能性は今までだってなくはなかったわけだし。私が考えていなかっただけで）

視線を上げ、黙々とスープを食べているシェントロッドを見る。

（何だか、不思議。王都に行かなければ、私の世界はアザネ村の中だけで終わって、リーファン族と知り合うこともなかったかもしれない）

けれど、アザネ村の人たちに元気でいてもらいたいと、リーファンの薬学校に行くのを決めたのは、レイゼル自身だ。世界を自分で広げ、そして今、夢を叶えつつある。

（自分のやりたいことは、自分で守らなきゃ。だよね）

静かに決意を新たにするレイゼルである。

が、ベルラエルが店に来た場合の想定問答を脳内でぐるぐると考えているうちに、スープをそれ以上食べ進めることはできなくなってしまった。

ふと、シェントロッドの緑の瞳と視線が合う。

彼はちらりとレイゼルの器を見てから、立ち上がった。自分の食べ終えた器を作業台に置き、そしてレイゼルを見下ろす。

「一応、言っておくが」

「あ、はいっ」

「もし、リーファン族がらみで困ったことがあったら、遠慮せず話せ。お前が悩んで仕事に支障が出ると、俺も困るし村人にも恨まれる」

「？　えっと、はい……ありがとうございます」

「ではな。美味かった」

シェントロッドはそのまま、店を出ていった。


しかし、彼は界脈には乗らず、村を見回りがてら、農道を歩いていった。

考え事をしたかったのだ。

実は彼は、王都に戻る話を断る方法は、もう思いついていた。残るは、レイゼルとベルラエルのことである。

（とりあえずベルラエルをアザネから引き離そうと、明日はフィーロで会うことにしたが……さっき店主に言った通り、何かのきっかけでベルラエルが薬草茶の店の評判を聞き、俺のいない時にやってくることも考えられる。その事態を避ける手はあるだろうか。つまり、ベルラエルが薬草茶の店に行こうと思わなくなるような……）

都合が良すぎるか、と、シェントロッドは苦笑しつつも、さらに考える。

村の中央を北上し、やがて東西を貫く通りにぶつかるあたりまで来た。この小さな村でも、それなりに家々が立ち並んでいる。

通りを右に折れると警備隊の隊舎方面だが、そこへ左の方からランプを手に歩いてくる人影があった。

「あ、ソロン隊長。こんばんは」

村長の息子、ルドリックだ。

「ルドリック。こんな時間から出かけるのか」

「ちょっと、村の皆に伝えて回ることがあって。もうすぐ村祭りなんで」

彼もだいぶ、シェントロッドと打ち解けている。

「明日の午後にでも、集会所に集まって打ち合わせをしようって、父さんが。これからあちこち声をかけて回るんです」

（打ち合わせ……）

ぱっ、と脳内が明るくなるかのような閃き（ひらめき）が、シェントロッドに訪れた。

（これだ）

彼は一歩、ルドリックの方に踏み込みながら言う。

「ルドリック。その打ち合わせだが、場所を変えるわけにはいかないか」

「え？」

ルドリックが不思議そうに、首を傾げた。

「いや、まあ、別に話ができればどこでもいいんですけど……どこです？」

「薬草茶の店だ」

シェントロッドの返事に、ルドリックは軽く目を見開く。

「薬草茶の店？　それは、うーん、レイゼルに聞いてみないと」

「今、俺が話してくる。すぐに戻るからここにいろ。それと、俺もその打ち合わせには途中から顔を出す」

言うなり、シェントロッドは姿を消してしまった。

「はぁ？　何なんだ、一体」

ぽつーん、と取り残されたルドリックは、仕方なくその場で突っ立ったまま、シェントロッドを待ったのだった。


翌日、王軍警備隊のフィーロ市本部。

隊長室でシェントロッドが書類を書いていると、ノックの音がして、ベルラエルが案内されてきた。

「こんにちは、お邪魔するわ。ふーん、アザネ村の隊舎よりはマシだけど、やっぱりちょっと狭苦しいわね」

「まあな。寮は一応、リーファン族専用の建物がある。そちらは天井も高い」

彼は顔を上げずに、書類の続きを書く。

ベルラエルは例によって、さっさと執務机の前のソファに座った。

「で、どうなの、シェントロッド。界脈調査部に戻る決心はついた？」

「その前に、今はやることがある」

シェントロッドはインクペンを置くと、書類を両手で持って上から下まで読み直し、確認した。

そして、それをひらりと返し、ベルラエルの方へ向ける。

「『ディンフォラス査察団』に参加するつもりだ」

「はぁ？」

ベルラエルは、長いまつげの目を瞬かせた。

ディンフォラス、というのは、ナファイ国の南隣の国である。ナファイと同じように、いくつかの種族が共存している国だが、リーファン族が多い。

二国の間には、対岸が霞(かす)んで見えるほど広い大河・レド川が横たわっていた。この川の界脈は、どういうわけか古来より常に乱れているため、川も渦巻き荒れている。人間族は自力ではまず渡ることができない。

今から五十年ほど昔、ディンフォラス国のリーファン族が、大河を操ろうと試みた。界脈士の力を用いて、乱れた界脈からレド川の流れを逸らし、川の行き来を支配しようと考えたのだ。もしもこれに成功すれば、レド川沿岸の国を勢力下に置くことができる。

ナファイのリーファン族を筆頭として、レド川の北側に暮らすリーファン族たちはその行為に異を唱え、川を挟んで戦争状態になった。

以前、ルドリックが、界脈士同士の戦闘とはどんなものかとシェントロッドに尋ねたことがある。シェントロッドは、

『界脈に沈んだままで戦いになることもある。昔、隣国のリーファン族と戦ったことが……人間族には説明が難しい』

と途中で話をやめたが、『レド川の戦い』というのがその時の話だった。

ちなみに五十年も経つと、リーファン族でも『昔』と表現する程度には、そこそこ昔という感覚である。

それはともかく、結局ナファイ連合軍側がディンフォラス側を退け、レド川に監視の界脈士を置いたので、ディンフォラス側は計画を断念。戦闘によって沿岸の国に被害が出たため、ディンフォラスは賠償金の支払いと、数年おきの査察を受け入れることになった。

『ディンフォラス査察団』は、その査察のために数年おきに編制される。構成員には、『レド川の

戦い』に参加した界脈士が数名、必ず加わることになっている。

「身体が治って、気脈に乗れるようになったからには、大河を渡れるからな。俺も今回の査察団に参加できる」

「それはそうだけれど、どうしてわざわざ……」

シェントロッドから書類を受け取ったベルラエルは、内容に視線を走らせた。

「あら、イズルディア様の推薦なの……じゃあ断れないわね」

湖の城ゴドゥワイトの領主イズルディアは、シェントロッドと同じソロン家の血筋だ。彼がシェントロッドを査察団に加えたいと言ったなら、その意向はまず反映される。

「でも、査察はほんの一ヶ月ほどよね。レド川周辺の界脈を調査するだけだもの。界脈調査部に戻るのを、ちょっと先延ばしにするだけじゃないの」

ベルラエルは執務机に書類を置く。

シェントロッドは、他の書類に目を通しながら、言った。

「まあ、見ていてくれ。……それより、この後、少し時間はあるか」

「なぁにそれ、イヤミ？　あなたを説得する以外は、どうせ暇よ」

相変わらず、ベルラエルは機嫌が悪い。

「全くもう、このイライラを解消する薬草茶が欲しいくらいだわ」

「ちょうど良かった」

シェントロッドは書類を揃えて置き、立ち上がった。

「その話をしようと思っていた。以前言った通り、アザネ村にレイはいなかったが、いい薬草茶を作る店があるんだ」

「ああ、そうなんですってね。さっき聞いたのよ、あなたが回復してからも足繁く通ってる店があるって」

ベルラエルが答えると、シェントロッドは軽く口角を上げる。

「行こう。ついてこい」

そして彼は、背後の窓を開いた。


水車小屋の前に出現してみると、耳のいいリーファン族でなくとも聞こえるほど、小屋の中からは賑やかな声が溢れていた。

「……ここなの？」

ベルラエルは小屋を眺め、眉をしかめる。

「そうだ」

シェントロッドはスタスタと店に近寄り、開いたままの扉をくぐるようにして頭を入れた。

「店主。いるか」

「あっ、はい！」

三つ編みが跳ね、かまどの前でレイゼルが振り向いた。

続いて、小屋の中にいる人々が談笑しながら、入り口の方を振り向く。

「おっ、ソロン隊長！」

「隊長、お疲れ様です！」

レイゼルの両脇にはトマとミロ、ベンチには村長のヨモックと金物店のジニー、他にもルドリックに揚げ物店の店主夫妻に果樹園の主夫妻など大勢の大人たちが集まり、店はいつになく大賑わいだった。

シェントロッドは戸口を塞ぐように立ったまま、レイゼルを軽く手招く。

彼女が人をかき分けてすぐそばまでやってくると、彼は賑やかな村人たちの声にかき消されないよう、軽く屈んで彼女の耳元に顔を寄せた。

「前に言っていた、リーファン族の同僚を連れてきたんだが」

「えっ」

一瞬、ギョッとした表情になったものの、レイゼルはすぐに一つ深呼吸をした。そしてまた、いつもの笑顔になる。

「私の方は大丈夫です。火脈鉱は空いてるので薬草茶は作れますし」

「そうか」

シェントロッドは身体を起こすと、一歩引いてレイゼルからベルラエルが見えるようにした。

レイゼルは、いつも初めての客を迎える時のように、彼女に挨拶した。

「いらっしゃいませ！　店主のレイゼルです」

「こんにちは」

ベルラエルはレイゼルをじっと見て微笑んだが、中には入ろうとしない。近づこうともしない。

「ベルラエル」

シェントロッドは、淡々と説明した。

「この店主に、お前の身体について色々と相談すれば、お前に合った薬草茶を作ってくれる。まずはゆっくり話してみたらどうだ」

「狭いところですが、どうぞ」

レイゼルも言う。

「…………」

ベルラエルはほんの一、二秒、黙っていたが、やがて改めて微笑んだ。

「評判の薬草茶の店だと聞いて、どんなところか見に来ただけなの。お邪魔してごめんなさいね、もう失礼するわ」

「あっ、そうですか……？」

レイゼルは、すぐ横のシェントロッドを見上げてから、ベルラエルに笑いかけた。

「じゃあ、ご縁がありましたら、またぜひ！」

「ええ、それじゃ」

「……後でな」

シェントロッドはレイゼルに短く言うと、ベルラエルとともに店を離れた。

歩きながら、ベルラエルに話しかける。

「何しろ、評判の店だからな。いつもあんな感じでにぎわっている。入らなくてよかったのか？」

すると、ベルラエルはバッサリ言った。

「嫌よ、あんな人間族だらけのところ」

「そうか。まあ、王都にもいい薬草茶の店はあるしな」

さらりと答えるシェントロッドの口元には、薄く笑みが浮かぶ。

（人間族でいっぱいの店を見せれば、ベルラエルは嫌がると予想したが、当たりだったな。もうここには来ないだろう）

これが、彼の策略（？）であった。

ベルラエルは、やれやれという風に肩をすくめる。

「それにしても、あの店主、ちょっとレイに似てたわ。もちろん、彼女はレイと違っていかにも女の子女の子してたけど、雰囲気がね。薬草茶を扱う人間族って、みんなあんな感じなのかしら」

いまいち人間族を細かく見分けられないベルラエルは、シェントロッドよりもさらに大ざっぱであった。

そして彼女は、シェントロッドを振り向く。

「私は王都に帰るわ。オルリオン・アグルに何か言われたら、あなたはディンフォラス査察に行く、戻ったら返事するってことでいいのね？」

「ああ。それでいい」

「戻ったらちゃんと返事しに行ってよ。じゃあね」

ふっ、と、ベルラエルは姿を消したのだった。


シェントロッドが店に戻ると、まだまだ賑やかな店の中から、ヨモックが声をかけてきた。

「ソロン隊長。村祭りのそれぞれの担当が決まりましたよ、ぜひお越しください」

そう、今日この薬草茶の店に人が集まっているのは、一週間後に迫った村祭りの話し合いのためである。

シェントロッドはうなずいた。

「計画書があるなら、今もらっておく」

「あ、はい、もうできます」

書記役を務めていたトマが、作業台の上で書類を仕上げる。

ルドリックがちょっと不思議そうに、シェントロッドの横に来て小声で言った。

「何かあったんですか？　話し合いを薬草茶の店で、って」

「私もびっくりしました。いえ、私の方は全然構わないんですけれど」

レイゼルも言う。

シェントロッドはちょっと視線を逸らした。

「いや。俺は毎日ここに来るから、まあ書類も受け取れるし俺からも皆に話ができると思ったまでだ。……ああ、皆」

彼はぐるりと、その場の村人たちを見回した。皆が彼を見る。

「俺は村祭りの後、ひと月の間、出張でロンフィルダ領を離れることになった」

「え、そうなんですか」

「お疲れ様です、お早いお戻りを」

村人たちは口々に言う。

レイゼルは少し驚いた様子を見せていたが、彼が続けて、

「副隊長には時々、アザネ村も見回るように言っておく。何かあったら彼が対処するだろう」

と言うと、小さくうなずいた。


「さて、それでは解散とするか」

「レイゼル、美味しいお茶をありがとう」

村人たちは後をすっかり片づけると、シェントロッドに「ごゆっくり！」などと言って、店を次々と出て行った。

やがて、水車小屋の中にはレイゼルとシェントロッドだけになる。

「……あの」

ためらいがちに、レイゼルが尋ねた。

「出張、ですよね。この間の、異動の話ではなくて」

「ああ。仕事が終わったら戻ってくる」

「ですよね」

レイゼルはホッとした表情になり、そして「あ、薬草茶、準備しますね！」と薬草棚に向き直った。

「さっき来た、リーファン族だが」

シェントロッドはスツールに腰かけながら、さりげなく言う。

「彼女は、人間族が大勢いる店は苦手だそうだ。もう来ないかもしれないな。悪いことをした」

「あっ、そ、そうでしたか！　ふぅ」

レイゼルは一瞬手を止め、小さくため息をついた。そして、あわてて作業を再開しながら、口の中でもごもごとつぶやく。

「いやその、ホッとしてなんかないけど……」

当然、シェントロッドには丸聞こえである。彼は口角が上がってしまうのを、さりげなく片手で隠した。

（すぐに片が付いてよかった。こいつは思い悩むと体調を崩すからな。この件を片づけずに査察に行くわけにはいかなかった）

レイゼルは、火脈鉱の入った石壺の上に土瓶をかけながら、話を戻す。

「出張、ひと月って、ずいぶん長いですね」

「そうか？」

「えっと、人間族的には、長いと思います」

「そうか」

彼は、想像してみる。

「……確かに、しばらくお前のスープが食べられないと思うと、長いな」

それを聞いたレイゼルは、ぱっと振り向いてシェントロッドをまじまじと見つめ――やがて目をそらした。頬が、少し上気している。

「何だ」

「え、いえ、何も？　えぇっと、隊長さん、出張には薬草茶を持って行かれますか？」

「いや、いい。煎じる場所がないと思う」

「そうなんですか？」

「出張とは言ったが、警備隊の仕事ではない。リーファン王軍の仕事に一時的に派遣される形だ。ずっとリーファン族と行動することになる」

「ああ、じゃあ、食事したり薬草茶を飲んだりという時間を取りにくいのかしら……隊長さんだけ火を熾して、っていうわけにはいかないだろうな」

「いかないだろうな」

リーファン族の中、一人で薬草茶を煎じている自分を想像すると少々笑えて、シェントロッドはその笑いをかみ殺した。

「戻ったらすぐ、ここに飲みに来る」

「わかりました。お待ちしてます」

レイゼルの微笑みは、柔らかい。

シェントロッドには元々、かつて関わったディンフォラス国の現在を確認しにいきたい気持ちがあった。それに加えて、界脈調査部の部長に据えられてしまうのを避けるために、査察団への参加が都合がいいことに気づいたのである。たった一ヶ月でも、である。

（アグル家のオルリオンを黙らせるには、これしかない）

イズルディアの推薦という形にはなっているが、実は推薦してもらえるように頼んだのはシェントロッド自身だった。

（まず、うまくいくだろう）

彼は薬草茶の香りを楽しみながら、レイゼルを見た。

「さってっとー、この秋最初のモリノイモを掘ってきたし、これでスープにしようかな……」

包丁を手にスープ作りを始める彼女を、シェントロッドは飽きずに眺めるのだった。


村祭りの日は、雲一つない晴天だった。

その年も、夏の名残と秋の味覚が、村人たちによって美味しく調理された。抜けるような青空に、煮炊きの煙と食欲をそそる香り、歓声と笑い声が上っていく。

串に刺さった川魚は美味しそうな焦げ目をさらし、網で焼かれた肉は薄焼きのパンに挟んでかぶりつけば、溢れる肉汁をパンが受け止めてくれる。焼いたカショイモは蜜のように甘く、バターを載せて食べると格別だ。もちろん、毎年恒例の野菜と腸詰めの煮込み料理やチーズもあった。

レイゼルも今年は火脈鉱があるので、石壺でリツの実を焼いたものを提供している。割れた殻の間から濃い黄色がのぞく、ほっくほくのリツの実は大人気で、あっという間になくなった。

「今年はリュリュがいないから、寂しいな」

新しいリツの実にナイフで切れ目を入れながら、心にも秋風が吹くのを感じてしまうレイゼルである。

「そうだなー。あー、えっと、そうそう」

レイゼルの気分を変えようとしてか、ミロが話を逸らした。

「『庭』に新入りが来たんだって。あ、ほら、あの子」

見ると、三歳くらいの小さな男の子が走り回り、年長の子が追いかけ回している。

「あと、次の春には一人卒業するけど、村に残るつもりらしいよ」

「あ、僕も聞いた。木工職人の弟子になるって」

トマが料理の器を持って、話に加わる。

「へぇ、村に残るんだ！　みんな喜ぶね！」

レイゼルが答えると、ミロがふと言った。

「レイゼルもいつかは、弟子をとるのかなぁ」

「へ？　弟子？」

レイゼルはポカンとし、そして時間差でびっくりした。

「……か、考えたこともなかった！」

しかし改めて、考えてみる。

「そっかぁ、そうだよねぇ。私が仕事できなくなったら、またこの村には薬草茶の店がなくなっちゃうものね。村のためには、後のことも考えないと」

「でも、誰かに教えようにも、レイゼルの知識を受け継ぐことのできるほど賢いヤツなんているか？」

話に加わってきたルドリックに、ミロがうなずく。

「確かにそうだよねー。でももったいないじゃん、せっかく王都の薬――」

ガバッ、と、トマがミロの口を塞ぐ。

ミロはどうやら、せっかく薬学校で学んだ知識を誰かが受け継がないともったいない、と言いたかったらしい。

皆、こっそり、チラッと、同じ方を見た。

村の大人たちが囲むかまどのところで、シェントロッド・ソロンが何か食べ物の器を手に、村長ヨモックと話をしている。うかつなことを言うと、レイゼルがレイとして王都の薬学校にいたことが、彼にバレてしまうのだ。

「ごめんっ」

ミロがささやきながら肩をすくめ、レイゼルはちょっと笑った。

「ふふ、大丈夫」

正直、最近のシェントロッドの様子を見ていて、レイゼルは以前と違うものを感じていた。

『それ』が何なのか、うまく言葉にすることはできない。けれど、『それ』があるから、最初に思っていたような恩返し——シェントロッドがレイゼルに三十年労働をさせるという——は要求しないのではないか、と、レイゼルは何となく思うのだ。

(どうして、そう思うのかしら？　王都時代と、今とで、私と隊長さんは何が変わったんだろう？)

ただ、そう思っているのはレイゼルだけかもしれない。彼女がこれからも、アザネ村で村人たちのために働いていきたい以上、秘密は明かさない方がいいのだろう。

「ま、まぁ、レイゼルの薬草茶が評判になったら、どこか遠くから弟子入り志願の人が来るかもしれないよな」

「そっか、モーリアン先生みたいに他所(よそ)から来てくれても助かるな！」

その話は結局、そんな風に落ち着いた。

しかし、レイゼルは思う。

(村の人たちが隊長さんと親しくなればなるほど、何だか……今みたいに私のために気を使わせて、申し訳ないな……)

食事が一段落し、酒が進み始めると、皆あちこち移動しては各所で話に花を咲かせる。シェントロッドが持ち込んだ蜂蜜酒も、村人たちに好評のようだ。

そのシェントロッドは、いつの間にか、レイゼルのいる場所の近くでミロと話をしていた。

「へぇ、じゃあ査察って、レド川のあたりで一ヶ月も過ごすんですかぁ」

「ああ。ここよりずっと南だから、この季節でも暖かいが、雨が多い場所だ」

シェントロッドが出張についてミロに話す内容に、レイゼルは何となく耳を傾ける。

「ソロン隊長、どうやってやるんですか？　査察って」

「地表から調査する班と、界脈に潜って調べる班と、同時に両面からやる。界脈に潜りっぱなしは消耗するから、交代交代でだな。川に繋がる支流も調べる。ディンフォラスの要人も立ち会う」

「調査だけじゃないんだ。そういう、偉い人同士の話し合いのお供もするってことですよね」

「……」

シェントロッドは言葉に迷う様子を見せてから、言った。

「お供というか、俺が話す。今回の査察団の団長になったからな」

「えっ⁉　そうなんだ！　さすがソロン隊長！　隊長で団長！」

大雨の時に助けられて以来、シェントロッドを尊敬しているミロは、瞳をキラキラさせた。

シェントロッドは少々居心地が悪そうな面持ち（おもも）ちになり、「さてと……」とか何とか言いながら立ち上がった。

振り向いた彼の目と、レイゼルの目が、合う。

「店主」

「あっ、はい！」

「確か、酒飲み専用の薬草茶があると言っていたな」

「酒飲み専用というか、二日酔い防止ですね。はい、あります」

「俺は先に抜けるから、今もらっていく」

「はーい」

レイゼルは立ち上がった。

広場の隅へ行き、切り株の上に置いてあったカゴから薬草茶の袋を取り出す。リーファン族用に調薬したもの、というか、村祭りに来るリーファン族はシェントロッドだけなので、実質シェントロッド専用に調薬したものだ。

そしてもう一つ、彼女は小さな巾着袋も取り出した。

シェントロッドのところに戻ろうと振り向くと、彼の方からやってきている。

「これです。今日、眠る前に煎じて飲むといいですよ」

「ああ」

「それから……隊長さん、明日出発ですよね。これも」

レイゼルは、手のひらに隠れるほど小さな巾着袋を渡す。

「何だ？」

シェントロッドは受け取った。レイゼルが自分で縫った袋らしく、縫い目が以下略。

開けてみると、中には赤い玉をいくつも繋げて輪にしたものが入っていた。

いかにも装飾品といった感じだが、よく見ると玉は実であった。固く艶々していて、穴が開けてあり、細い枝を通してある。

「ええと、お守りです。魔除けになるジゼの枝と実を輪にしたもので、アザネ村では長い旅に出る人に渡すんです。輪になっているのは、無事に戻ってこれるように、っていう」

「ふーん」

「あっ、一緒には渡しましたけど、これは煎じちゃだめですよ、身体に入れると毒なので。そのくらい強い植物じゃないとお守りにならなくて」

「そうかもな。リーファンにも似たような魔除けがあるが、トゲのある植物を使う。……持って行く」

彼はジゼの輪を袋にしまった。

「店主も、無理はするな。レド川のあたりは界脈が乱れているから、お前から呼ばれても気づけない。駆けつけることはできないだろう」

「お、お仕事の邪魔をするつもりはないです、もちろん！　ちゃんと気をつけます！」

「怪しいものだ」

軽く口角を上げて、シェントロッドは笑う。

「お前にこそ、守りが必要かもしれないな」

「ううー」

前科がありすぎて、言い返せないレイゼルである。

シェントロッドはそんな彼女を見つめ、微笑みながら小さくため息をつくと、

「ではな」

と片手を上げ、フッと姿を消した。

「あ……行ってらっしゃいませ」

声をかけたレイゼルは、しばらくその場で立ち尽くしていた。

（一ヶ月、かぁ……）

誰かが弾き始めた弦楽器の音が、レイゼルの耳にはやはり寂しく聞こえてしまうのだった。

第五章　離れ離れの一ヶ月　～モリノイモのトロトロスープ～

シェントロッドが出発してから、一週間が経った。

レイゼルは、冬支度や仕事に忙しい日々を送っている。けれど、ふと手が空いて窓の外を眺めた時や、ベッドに入って眠りに落ちる前の一瞬などに、何かがぽっかり抜けているような感覚が訪れる。抜けているのに、軽さはなく、胸のあたりが重いのだ。

（あ、そうか。季節の変わり目だし、体調を崩す前兆かも？　気をつけなくちゃ）

何かと体調のせいにしがちなレイゼルである。

薬草茶の店にやってくる村人たちは、来るたびに、

「ソロン隊長がいないと寂しいねぇ」

「レイゼル、大丈夫？」

などと聞いてくる。

「え、私、何か変ですか⁉」

両手を頬に当てながらレイゼルが聞くと、村人たちはちょっとあわてた風に、

「いや、そんなことはないんだけどね」

「常連さんがぷっつり来なくなると寂しいものじゃないか」

と返事をするのだが、どこか心配そうに彼女を観察しているのだった。


さて、秋らしく乾燥した空気の、ある日のことである。

珍しく朝から客が誰も訪れず、レイゼルは黙々とレース編みをしていた。相変わらず下手だが、レイゼルはへこたれない。果敢にも新しい編み方に挑戦して、ドツボにハマったところである。

「……むむっ……」

さすがに肩が凝り、立ち上がって伸びをした。

「おっと……」

集中している状態から急に動いて、クラクラするのもいつものことで、手を下ろしてしばらくそのままじっとする。

そして、視線だけ動かして窓の外を見た。

「あれ、もうお昼？」

裏口から菜園に出てみると、太陽は高く昇っていた。

「変だなぁ、今日は昼までに、トマがおじさんとおばさんの薬草茶を取りに来ると思ってたけど。あと、ナックスさんも来るって言ってたのに」

前警備隊長のナックスも、仕事を退いた後、妻とともにアザネ村で暮らしている。寒い時期は特に肩こりや腰痛に悩まされていて、そろそろ薬草茶がかかせない時期だ。

その時、カタン、と小さな音がした。

「?」

店の中に戻ってみると、入り口の扉が細く開いている。

そして、隙間のかなり低い位置に、つぶらな青い瞳がのぞいていた。

「……アレット?」

レイゼルはその名前を呼んだ。

キイッ、と扉が開き、リツ色の髪に青い瞳の少女が姿を現した。

アレットは六歳、『神様の庭』の子である。レイゼルがまだ『庭』にいたころ、赤ん坊のアレットは親を失ってやってきた。

「ど、どうしたの、一人? 誰か一緒じゃないの?」

レイゼルは驚いて駆け寄り、中腰で話しかける。『庭』の子が一人で外出することは禁じられていた。

「レイゼル……あのね……」

アレットは、目を涙で潤ませている。

「シスター・サラ、お熱が出ちゃった」

「あぁ、それは大変。ギーおじさんに頼んで、モーリアン先生を呼んでもらった?」

ギーおじさんというのは、掃除の仕事をしている老人である。午前中だけ『庭』にいて、掃除や買い物など雑用をこなして帰って行く。

するとと、アレットはうつむいた。

「ギーおじさん、今日、来なかったの……」

「え、それは困ったね。ええっと、じゃあシスターのお熱に効く薬草茶を用意するから、座って待っていて」

レイゼルがベンチを勧めると、アレットはおとなしくちょこんと座った。

「よく、ここまで一人で来れたね?」

薬草棚を忙しく開け閉めしながら、レイゼルは聞いた。

『庭』から薬草茶の店まではそれなりに距離があり、アレットの年頃の子ならなおさら時間がかかっただろう。

アレットは珍しげに、天井の梁からぶら下がる薬草の束などを見ながら答える。

「ほんとは、モーリアン先生のおうち、行こうと思ったの。でも、わかんなくて……。レイゼルのお店はよく見えるし、水車があるし」

畑の中にぽつんと立っている水車小屋は、遠くからでも見つけやすかったらしい。

「そっか。えーと、解熱の薬草茶はこれでいいとして……アレットの薬草茶はまだあるよね」

「うん」

アレットはうなずく。

この少女も、レイゼルほどではないが身体が弱く、季節の変わり目には呼吸がゼーゼーして眠れなくなることがあった。そこで、薬草茶を飲んでいるのだ。

レイゼルはボードに『薬草茶配達中』と書き、いったん外に出て入り口脇に立てかけた。そして、店内に戻って上着を着込む。

「よし、準備できたよ。行こうか」

薬草茶を入れたカゴを持ち、アレットと手を繋いで、レイゼルは『庭』に向かって出発した。

「それにしてもアレット、お兄さんやお姉さんたちはどうしたの？」

てくてくと歩きながら、レイゼルはアレットに尋ねる。

現在、アレットよりも年長の子が、『庭』には四人いるはずなのだ。そんな彼らが来ずに、六歳のアレットが薬草茶の店に来たことが、レイゼルには不思議だった。

「あのね……」

アレットは困惑した表情だ。

「お熱の子の、お世話してる」

「へ？」

レイゼルは目を見開く。

「お熱の子？　シスターだけじゃなくて？」

「うん」

「年長の四人、全員が、その子の世話……？　んん？」

どういうことなのかわからないが、とにかく行ってみないことには始まらない。

レイゼルはできる限り早く、足を運んだ（しかしそれでも、小さなアレットと同じくらいのペースである）。

歩くうちにほんのり汗ばんできた額を、秋の風が涼やかに冷ましてくれる。

アザネ村は、大きく三つの区域に分かれていた。まず、村の北部を東西に大通りが横切り、その真ん中から南に向かって通りが延びている。大通り周辺は家々も多く、教会や警備隊隊舎など主要な施設がある。

通りを南に下っていくと、東側、森寄りにレイゼルの店はあり、周囲には畑が広がっている。

そして通りの西側、山側には、酪農（らくのう）を営む家々があった。牧草地が広がっており、牛が草を食（は）んでいるのが見える。

レイゼルとアレットは、畑や牧草地に出ている村人と手を振り合って挨拶しつつ、通りを村の中心部に向かって北上していった。だんだん家が増え、店も現れ始める。

「……？」

レイゼルはふと、あたりを観察した。

通りに、人が出ていない。この時間なら、揚げ物店から香ばしい油の匂いがしているはずなのに、それもなかった。店の入り口の引き戸は閉まっている。

「アレット、ちょっといい？」

レイゼルは彼女の手を引いたまま、揚げ物店の前まで行き、戸をトントンと叩いた。

「はいー……」

　奥の方から、小さな、間延びした声が聞こえる。

「ノエラおばさん、レイゼルです」

「……レイゼル⁉」

　中でガタガタッという音がして、声が少し近くなった。

「だめだよ、こんなとこ来てちゃあ！　家にお帰り」

「どうしたんですか？　お店、開いてなかったから」

「あたしも夫も風邪みたいで、熱が出ちゃってね。うつるといけないから！」

　その声は少し、かすれている。

　レイゼルは驚いて続けた。

「え、大変！　モーリアン先生には診てもらいました？」

「後で行くよ。ああ、ジニーのところも熱が出たそうだから、寄っちゃだめだからね！　レイゼルはうつらないように、自分の家にいな！」

　揚げ物店のノエラは、とにかくレイゼルに病気がうつることを心配しているらしい。

　声はかすれているものの、話している様子はしっかりしていたので、レイゼルはひとまず返事をした。

「これからモーリアン先生のところに行くから、ノエラおばさんとジニーおばさんのこと伝えますね。お大事にしてください！」

「ありがとうねぇ。でも、先生のところに行ったらレイゼルはすぐに帰るんだよ！」

ノエラはひたすら、心配していた。

ところが、わき道にそれてモーリアン医師の診療所に行くと、当のモーリアンが寝込んでいた。

「レイゼル、これは流行り病かもしれない。高熱が出て、関節が痛くなる」

起き出してきたモーリアンもレイゼルを心配して、受付の小さなガラス戸越しの会話だ。顔も、つるつるの頭も赤く、立っているのが辛そうである。

「警備隊に、連絡しなさい。情報が入っているかもしれないし、フィーロの病院に使いを出してくれる。そうしたらすぐに家に戻るんだよ」

「先生、私、解熱の薬草茶だけでもみんなに――」

「薬草茶は助かるが、レイゼル自身が配るのは絶対ダメだ。警備隊に頼みなさい」

「は、はい」

とにかく、診療所を出る。

どうやら、家が密集している地域の村人たちに、何か病気が広がっているようだ。

（そういえば、昨日もお客さん少なめだったかも。じわじわと広まっていたんだ）

掃除のギーおじさんも、おそらく発熱してしまって『庭』に来られなかったのだろう。

「アレット、よく無事だったねぇ」

レイゼルが言うと、アレットは心配そうに彼女を見上げる。

「シスターとみんな、心配……」

「うん、教会は警備隊にいく道の途中だから、先に寄るよ」

シスターと子どもたちが心配なので、レイゼルはどうしても『庭』には寄りたかったのだ。


やがて、教会にたどり着いた。建物の裏手に回ると、渡り廊下でつながっている小さな建物があり、孤児たちはそこで暮らしている。

小さな建物のさらに裏、厨房の扉を開け、レイゼルは中には入らずに声をかけた。

「こんにちは！　誰か、いますか？」

バタバタッ、と足音がした。

「あっ、レイゼル！」

十四歳の男の子ジョスが建物の奥から姿を現し、水の入った桶を手に厨房に駆け込んでくる。次の春になったら『庭』を卒業し、木工職人の弟子になると言っていたのはこの子だ。ひょろっとしていて頼りなさげに見えるが、手先が器用な子である。

彼の手にした桶の縁には布がかかっていて、おそらく発熱した子の額を冷やしていたのだろうと思われた。

「ジョス、アレットに聞いたよ。何人か、具合が悪いのね？　あなたは？」

「俺は大丈夫！　ていうか、俺とアレットと、あと年少の子が二人だけだよ、熱がないの」

「そんなに⁉」

「うん、参ったよ。アレット、モーリアン先生は？」

「先生も、お熱」

「うっそだろ。何これ？」

愕然（がくぜん）とするジョス。

そこへ、後ろから声がした。

「おーい、そこの皆！」

駆け寄ってきたのは、警備隊の副隊長だった。初老の男性で、シェントロッド・ソロンがいない現在、隊長代行をしている。

「どうやら流行り病らしいな、困ったことになった。今、フィーロに使いを出しているから」

すでに手を打ってくれていたらしい。

「ありがとうございます！　警備隊の皆さんは大丈夫ですか？」

「それが、大丈夫じゃないんだよ。無事なのは私を入れて三人ほどだ。他は皆、寮や医務室で寝込んでいる」

人数を聞いて、レイゼルは「ん？」と引っかかるものを感じた。

（『庭』で無事なのが四人、警備隊で無事なのが三人？　それって……）

「あの、無事な人のお名前、教えてもらっていいですか？　ジョス、あなたも、無事なおちびさんたちの名前を教えて」

レイゼルは全員の名前を聞くと、うなずく。

「やっぱり。副隊長さん、雑貨店のおばさんと果樹園のご夫妻も、無事だと思います。人手がいるので、手伝いをお願いしましょう。私も手伝います」

「ちょ、レイゼルはダメだよ！　うつったら大変だよ！」

ジョスがびっくりして言うので、レイゼルは説明する。

「私は、たぶんだけど、うつらないと思うの。あのね、今回発熱していない人たちはみんな、ライラ草とレオルレドルの花の薬草茶を飲んでいる人たちだわ」

茎にトゲのあるライラ草、そして夏に白い花をつけるレオルレドルは、呼吸器を潤し免疫力を高めてくれる薬草だ。アレットのようにゼーゼーしやすい村人たちのために、レイゼルは季節の変わり目、その薬草茶を調薬していた。

今回、熱を出していない人々と、普段レイゼルがその薬草茶を調薬している人々の名前が、たまたまピッタリと一致したのだ。いつも薬草茶をまとめて作って人数分ずつ袋に入れるため、数を覚えていたのである。

「私も、同じものを飲んでます。もちろん確証はないけれど、これだけ一致しているならたぶん、あの薬草茶を飲んでいるとうつりにくい病気なんじゃないかなって。効いているのがライラとレオルレドルのどっちなのか、それとも両方なのかはわかりませんけど」

「それじゃあ、今からでもその薬草茶を村人たちに飲ませれば！」

ジョスが勢い込んだが、レイゼルは首を横に振る。

「ううん、すでに症状が出てしまっているなら、対処方法は別。予防と治療とでは、使う薬草が違うの」

「そうなの？」

「うん。私だけでは手に負えないから、モーリアン先生の指示を仰ぎましょう」

仕事の時だけテキパキしているレイゼルは、勢いで副隊長にも指示を飛ばす。

「私、先生にこのことを知らせてから、ひとまず解熱用の薬草茶を店で作ります。無事な人たちに頼んで、配ってもらいましょう」

「よしきた、誰か人を店に行かせる。店主さん、お願いするよ」

副隊長は大きくうなずいて、駆け戻っていった。

レイゼルは軽く屈んで、アレットに話しかける。

「アレット、来てくれてありがとうね。おかげでだいぶ、色々とわかったわ。後はジョスを手伝ってあげて？」

「うん。レイゼルもがんばってね」

アレットはニコッと微笑んで、厨房に駆け込んでいった。


モーリアンはレイゼルから話を聞き、解熱の薬草茶を飲み、快復してきたところで数人の患者を診たり文献を調べたりした。そして、以前王都ティルゴットで流行ったことのある流行り病ではないかと当たりをつけた。

フィーロ市から薬を取り寄せるには、数日かかる。村人たちはレイゼルの薬草茶でひとまず熱を下げて待ち、それからようやく適切な治療を受け、徐々に動けるようになっていった。

アレットははりきって、ジョスの手伝いをしたそうだ。体調を崩しやすい側の自分が、普段世話をしてくれる人々の役に立てたことが、とても嬉しかったらしい。


「でも、今度はレイゼルが寝込んだと」

快復したトマやミロが、薬草茶の店に様子を見にやってきた頃には、レイゼルは疲労で私室のベッドに沈み込んでいた。

「うー、ごめん……ちょっと、起き上がれない……目が回るぅ」

「いいよいいよ、うちの分の薬草茶もらいに来たんじゃないんだ。何か手伝うことある？」

「ありがと……そこのカゴに、ジニーおばさんとこの薬草茶が……」

「わかった、届ける。レイゼルの分は？　これ？」

「うん……」

レイゼルはうなずき、またスーッと眠ってしまった。

「これじゃ、ソロン隊長がいなくて寂しい……どころじゃないな」

「寂しがってもらえないのも、寂しいねー」

「まあそう言うなよ……」

レイゼルの薬草茶を煎じながら、二人がひそひそと交わす会話には気づかず、くったりと眠るレイゼルであった。

ちなみに、この流行り病のその後がどうなったかというと。

翌年の同じ時期にさしかかると、村人たちは皆、ライラ草とレオルレドルの花の薬草茶を飲んだ。

薬草茶が効いたのかどうかは、わからない。しかし、近隣の町や村ではその年も流行り病が発生したが、アザネ村の人々のほとんどがその病気にかからなかったのは、事実である。

この薬草茶はやがて、「アザネ村の薬草茶店の店主が発見したらしい！　すごい！」というような逸話とともに、流行り病の予防茶としてロンフィルダ領全域に広まることになった。

「えぇ……？　あの、単にアザネ村の薬草茶の店がうちだけで、たまたまみんなの調薬の仕方を把握してただけで、小さな村ゆえの長所でしかないですよ……すごくないのに。それにほら、一度かかるともうかからない病気かもしれないし」

レイゼルはひたすら戸惑ったものである。

それはともかくとして、流行り病騒ぎをきっかけに体調を崩したレイゼルは、その冬をいつもと違う風に過ごすことになる。

そして——

シェントロッドはその頃、大河・レド川の岸辺にいた。

大気に、ごうごうと轟（とどろ）く水音が満ちている。それは少しも途切れることがない。

　赤っぽく濁った水が、まるで何百匹もの生き物のように暴れうねりながら、眼前を流れている。

　シェントロッドを含む数人のリーファン族が、岸のあちらこちらに立っている。『ディンフォラス査察団』の構成員たちで、ナファイ国のリーファン王軍に所属することを示す、黒の軍服姿である。

　そして、その中にちらほらと、灰色の軍服のリーファン族が混じっていた。ディンフォラス国のリーファン王軍だ。

　レド川南岸、日差しの強い国に生きる彼らは、肌が浅黒く、髪は深緑色をしている。界脈に同調して暮らすナファイのリーファン族と異なり、彼らは自然を開発して地形を変え、界脈をある程度操作することで発展してきた種族だ。

　レド川の戦いの際は、北岸のリーファン族にまで影響するようなことはしないという約定（やくじょう）を結んだが、時が流れ、事情が変われば、どうなるかはわからない。それを数年おきに見張るための、シェントロッドたち査察団だった。

　対岸の町が、遠くにかろうじて見えている。その向こうは、薄曇りの空を背景に、灰色の山脈が霞んでいた。

「…………」

右手を左肩にやり、シェントロッドは軽く首を回す。

若いリーファン族（八十歳）が、彼の隣で腰に手を当ててため息をついた。

「しんどいですね。私はここまで乱れた界脈に触れる機会などなかったので、驚きました」

「そうだろうな。……ここは、何というか……しわ寄せの地なのかもしれない」

シェントロッドは、うねる流れを見つめる。

「各地の界脈の乱れが、流れ流れて寄せられ、ここで暴れているような印象を受ける。俺たちが普段暮らしている場所が穏やかな一方で、この地で歪みが開放される。世界には必要な乱れなのかもしれない」

「まるで、どこかの神話に出てくる世界の果てみたいですね。よく、こんなのを支配しようなどと考えましたね、『南の』は」

「全くだな。……さて、そろそろ行くか」


査察の、中日であった。

この日、双方のリーファン族はそれぞれ代表を出して、手合わせを行うことになっていた。五十年前の戦いを忘れないためで、決着はつけない。格闘技で言えば、組み手のような感じだ。

もちろん、相応の技量は求められる。北岸のリーファン族にしてみれば、舐められる訳にはいかない。無様なところを見せれば、また好き勝手されるかもしれないからだ。

今回、査察団側の代表は、団長のシェントロッドだった。

（店主のおかげで、体調は整っているからな。後れをとる気がしない）

シェントロッドは、川岸の広くなった場所に進み出た。

「査察団団長、シェントロッド・ソロンだ」

ディンフォラス側からも一人、歩み出てくる。

「国境警備隊副隊長、リネグリン」

深緑の髪を高い位置で一本に結い、意志の強そうな眉をした、同年代の男だった。

「それでは、手合わせ願おう」

シェントロッドは無造作に言うと、ふっ、と界脈に潜り込んだ。

界脈に潜っている間は、リーファン族の界脈士は光の玉のような姿をしている。戦う時は界脈を猛スピードで駆け抜けるので、ナイフのような鋭角な形になる。

キン、と硬質な音を立てて、二つの光はぶつかり合った。宇宙を巡る星のように、ぐるりと界脈を大きく巡り、また近づく。二度、三度とぶつかり合う。

五十年前、レド川の戦いの時は、界脈士たちが光の姿で入り乱れてぶつかり合う戦闘になった。さらに、外から爆破などの手段で界脈を乱す攻撃なども行われた。以前、シェントロッドが界脈に沈んでいるところを雷が直撃した時のように、大怪我をしたり、命を落としたりしたリーファン族もいた。

今回の査察中、そしてこの手合わせ中に、表で見張りに立つ者を置いているのは、そういった外からの攻撃を警戒しているからである。

何度かぶつかり合い、手合わせは終盤にさしかかった。

（リネグリン、といったか。南岸のリーファン族が皆、この男のように強いのだとしたら、いつでも北岸と戦えるということだな）

シェントロッドは思ったが、一対一なら彼の敵ではないという手応えもあった。

手合わせが終わろうとした時――

いきなり、横から飛び込んできた光があった。

もう一人、潜んでいたのだ。分岐した界脈を通って突っ込んできた。

それを躱(かわ)したシェントロッドは、とっさに身の内に持っていたジゼの輪――レイゼルの渡したお守り――に手をやっていた。

『身体に入れると毒なので』

レイゼルの言葉を思い出す。

（ふん。邪魔をするなら、おとなしくしていてもらおうか）

シェントロッドの光の刃(やいば)で、枝に通された赤い実がひとつ、弾け飛んだ。実の持つ成分がパッと吹き出し、分岐の界脈の方へと流れ込む。

獣の唸(うな)りのような悲鳴が聞こえ、分岐の方の気配が消えた。界脈の外に弾き出されたのだ。

もうそちらに意識を向けることなく、シェントロッドはまっすぐに、リネグリンとの最後の手合いに向かっていった。

川岸に浮上してみると、南岸のリーファン族の男が一人、うずくまっていた。

彼はシェントロッドを見ると目を見開き、急いで身を起こして立ち去って行く。しかし、片足をずるずると引きずっていた。

(麻痺毒だったか。なかなか強烈なものを店主は持たせてくれたようだな)

特に同情することもなく、シェントロッドは振り向いた。そして、彼に続いて浮上したリネグリンと向き合う。

「今の男は、そちらの指示で動いたのか」

「いや、違う。……しかし、同胞であるのは確かだ」

「五十年前の約定を違(たが)える意志あり、とみていいか」

シェントロッドは緑の瞳で、真正面からリネグリンをまっすぐに見る。

リネグリンは、すぐに片膝をついた。

「あいつが勝手にやったことだ。我らにその意志はない。この通り、謝罪する」

口調に感情がこもっていないので、心の内はわからない。しかし、彼はこう付け加えた。

「北岸にソロン団長のような界脈士たちが大勢いるのなら、姑息(こそく)な真似をしても無意味だと、自分は思う。失礼した。あのような者がまとわりついて、さぞうっとうしかったかと」

「謝罪を受けよう」

シェントロッドも、淡々と答えた。

「さっきの毒は、ジゼの実という。解毒方法があるなら解毒するといい」

「感謝する」

リネグリンは軽く頭を下げ、そして立ち上がると、姿を消した。


査察中、起こった問題といえば、それくらいであった。

以降、特に何かが起こることもなく、北岸のリーファン族の査察団は予定通り一ヶ月の査察を終えた。

地形や界脈は変わっていればすぐに気づくが、異常はなく、南岸のリーファン族が何か不穏な動きをしている様子も全くなかった。手合わせの件は、本当に個人的に逸(はや)った者が勝手に動いたのだろう。彼は相当厳しく罰せられたようである。

王都に戻ったディンフォラス査察団は、解団式の後、それぞれの仕事に戻っていった。

しかし、シェントロッドは警備隊に戻る前に、ナファイ国のリーファン王軍大隊長であるオルリオン・アグルに会った。

たった一言、こう伝えるためである。

「界脈調査部の部長は、引き続きベルラエルに任せるように」

――寿命の長いリーファン族は、年齢の差はよほど離れていない限りあまり気にしない。軍にも役職はあるが、階級は特にない。上下の差をつけるとすれば、それは経験の差である。

オルリオン・アグルは、アグル家の者として様々な場面で積極的に動き、発言力を強めてきた。しかし、彼は『レド川の戦い』に加わっていない。今回、『レド川』経験者のシェントロッド・ソロンがディンフォラス査察団を率いたことで、シェントロッドは経験の差でオルリオンを大きく引き離したことになるのだ。

そんなシェントロッドが、かつて在籍した界脈調査部の部長をベルラエルに……と言えば、オルリオンもその意見を尊重しないわけにはいかない。

見ておきたかったディンフォラスの現在を確認しに行く機会にもでき、まさにシェントロッドの狙い通り、事は運んだわけである。

（やれやれ。これでやっと落ち着いた）

仕事から頭を切り替えたとたん、頭の中にニコニコと笑う薬草茶店の店主の顔が浮かぶ。

同時に、空腹感を覚えた。

（帰ろう）

シェントロッドはこうして、一ヶ月の出張を終え、ロンフィルダ領に帰還したのだった。

東から昇る朝日が、西の山肌の紅葉を鮮やかに照らし、山はまるで金色に燃えているかのようだった。アザネ村は、秋まっさかりである。

レイゼルは、陽が昇り、気温が上がってきて、ようやくベッドから起き出した。

（まるで冬眠中の動物みたい）

自分にちょっと呆れるレイゼルである。

流行り病の対策に駆け回って以来、なかなか疲れが抜けないのだった。本人はイマイチ自覚していないが、リュリュもシェントロッドもいない秋を迎え、憂鬱になっているのも響いている。心身ともに復活するには、時間がかかりそうだった。

無理せず店を続けたいレイゼルは、朝の遅い時間から夕方の早い時間だけ、薬草茶の店を開店することにしていた。村人たちもそれがいいと賛成し、用がある者はその時間帯にやってくる。

私室を出てみると――

「ふあっ⁉」

レイゼルは思わず、足を止めた。

警備隊の隊服をまとった長身の男が、かまどの前に立って鍋の蓋を開け、中をのぞき込んでいたのだ。

振り向いたのは、緑の髪と緑の瞳。

一ヶ月ぶりの、シェントロッド・ソロンである。


「……た、隊長さん！」

つんのめりそうになりながら、レイゼルは小走りに駆け寄った。

「お帰りなさい、いつ戻られたんですか？」

「昨夜遅くだ」

シェントロッドは何食わぬ顔で鍋の蓋を戻し、背筋を伸ばした。そして、彼女をまじまじと見つめて眉をしかめる。

「店主が仕事で疲れをためていると聞いて、ここで開店を待たせてもらったが……何だ、そのやつれっぷりは」

「あ、これはちょっと、うーん、色々大変だったんです」

「無理はするなと言ったはずだが？」

「これでも無理はしなかったつもりなんですっ」

レイゼルはうろたえ、そして今度は彼女の方がシェントロッドの顔に目を留めた。

「あっ。隊長さんこそ、一ヶ月前と何だか違いますよ？　余裕をそぎ落としたみたいな、こう、硬い雰囲気。何をなさってたんですか⁉」

「………」

シェントロッドはなんとなく、顎を撫でる。

「まあ、あれだ、界脈が大きく乱れているところにしばらくいたからな」

「一応お聞きしますが、あちらでお食事は」

「果物を、少し……」

「はいっ、薬草茶とスープ、両方作りますね」

「うむ。すまん」

レイゼルはシェントロッドの様子を見て、いつもの薬草茶と薬種（薬の材料）を少し変えたものを土瓶に入れると、火脈鉱を使って煎じ始めた。

「起きていていいのか」

「日中は大丈夫です。スープもお腹に優しいものにしますし」

レイゼルはかまどに火を熾した。そして、先ほどシェントロッドがのぞき込んでいた鍋の蓋を開ける。中の水には、干した海藻と、同じく干したキノコを一晩、漬けてあった。

「お出汁は取れてるので……あとはモリノイモを」

出汁が煮えるまでの間に、作業台の下のカゴに入れてあったモリノイモを洗い、皮をむく。

すぐに、薬草茶の香りが立ち始めた。シェントロッドは土瓶のそばで深呼吸している。香りに癒されているのだろう。

レイゼルは微笑ましく思いながら、葉野菜も洗い、刻んだ。

「あ、薬草茶、そろそろですね」

「自分でやるから、スープを頼む」

シェントロッドは自分で、土瓶から木のカップに薬草茶を注いだ。

「ふー……」

立ったまま一口飲んで、ため息をつく。そして、ポロッと言った。

「これがない一ヶ月は、さすがにしんどかった」

「……そうですか」

レイゼルは微笑む。

彼女の横顔を見つめながら薬草茶を飲んでいたシェントロッドが、思い出したように言った。

「そういえば、ジゼの実が役に立った。礼を言う」

「へ？　役に立った？」

彼を見上げると、シェントロッドは視線を逸らしながら答えた。

「あー、つまり、お守りだと言っていただろう。俺は何事もなく戻ってきたからな」

レイゼルは「なぁんだ」と笑う。

「役に立ったって、そういう意味ですか……あんな毒の実を何かに使ったのかって、びっくりしたじゃないですか」

「いや、うん」

曖昧な返事をするシェントロッドである。

レイゼルは彼の隣ですり鉢を用意し、モリノイモを擂り下ろした。

ふと気づくと、シェントロッドは彼女のすぐそばに寄り添うように立ち、薬草茶を飲みながら作業をじっと見下ろしている。そんな様子も何だか可笑しい。

スープは最後に、豆と塩を発酵させて作った調味料ロミロソと、こちらも擂ったサミセで味を調える。

「『モリノイモのトロトロスープ』、できあがりです」

二つの器から、美味しそうな香りが立ち上った。


座った二人は向かい合って、スープを食べた。

温かく、出汁をたっぷり含んだモリノイモが、するすると喉を滑り落ちていく。

「あー。……美味い」

しみじみとシェントロッドが言うので、レイゼルは笑ってしまった。今日はたくさん笑っている気がする彼女である。

「これから、お仕事ですか？」

「いや、さすがに今日は休みだ。村の報告書にだけは目を通しておこうと思っているが」

「アザネ村は、流行り病が治まったところなんです」

レイゼルは簡単に、事の顛末を話した。シェントロッドはうなずく。

「なるほどな。それだけの人数分の薬草茶を準備するのでは、店主が疲れるわけだ」

「私もつい、気が急いてしまって……ダメですね、余裕がないと」

少なめによそったスープを食べきって、レイゼルはため息をついた。

シェントロッドの方は勝手におかわりしながら、レイゼルの様子を窺う。

「……店主」

「はい」

「報告書をここに持ってきて読んでいてもいいか？　お前は奥で休んでいろ。客が来たら呼ぶ」

「そんな、大丈夫ですよ。かまどの前でぬくぬくしながら、ボーッとしてますから」

レイゼルは言い、そして再び微笑んだ。

「やっぱり、隊長さんが隊長さんとして警備隊にいると、落ち着きます。ちょっと、不安だったのかも。戻ってくださって嬉しいです」

「………」

シェントロッドは、じっと、レイゼルを見つめた。

レイゼルは軽く首を傾げる。

「何です？」

「レイゼル、俺も」

何か言いかけた時、彼の耳が物音を捉えた。

「……誰か来たようだぞ」

「あ、そうですか？」

待っていると、やがてノックの音がして、扉が開いた。

「レイゼル、入るぞー。……あ、ソロン隊長！」

ルドリックだった。シェントロッドがいるのを見て、目を見張る。

「戻ってたんですね、出張、お疲れ様でした！」

「ああ。世話をかけたな」

「いえ、俺は何も。レイゼルはやりすぎなくらい、大活躍でしたけどね」

ちょっと呆れた風に笑ってから、ルドリックは手に持っていたものをレイゼルに差し出した。

「お前に手紙が来てたぞ」

ナファイ国では、手紙は物流のついでに運ばれる。雑貨店など、他の町や村と取引がある店が郵便業を兼務していることが多いが、ルドリックもよく取引で町や村を行き来するため、手紙を運ぶことがあった。

「ありがとう！　誰からかしら」

レイゼルは受け取り、宛名に自分の名前があるのを確かめてから、封筒をひっくり返して裏を見た。

そして、目を見開いてクスッと笑う。

「わぁ、ペルップだわ。えっと、去年の冬に村の近くで行き倒れてた、トラビ族の彼です」

でっかい封蝋が押してあり、足跡がついている。トラビ族の慣習である。

レイゼルは手紙を開き、読み始めた。その間に、シェントロッドはアザネ村であったことをルドリックに聞くなどしている。

「……へぇ、温泉……」

つぶやいたレイゼルの言葉に、ルドリックが反応した。

「温泉って？」

「あ、えっとね、トラビ族って温泉が大好きなの。だから、火脈の近くに集落を作って暮らしてるのね。それで、温泉に薬草を入れるとすごく身体にいいから、雪が降る前に遊びに来いって。面白いなー」

するとと、何か考えていたルドリックが、言った。

「……いいじゃないか」

「え？」

「レイゼル、甘えさせてもらえよ。行けば？　トラビ族の温泉」

「ええっ？」

目をぱちくりさせるレイゼルに、ルドリックは前のめりに続けた。

「身体にいいんだろ？　そういや、湯治って言葉を聞いたことがある。冬の間、ゆっくり身体を癒してくればいいじゃないか」

「でも、仕事が」

「まだ体調が戻ってないのに、これからさらに寒くなるんだぞ。お前、仕事以前に、動けんの？」

「ウッ」

図星である。

シェントロッドまで、うなずいた。

「……いいかもしれないな。俺がたまに様子を見に行ってやれば、アザネの村人たちも安心するだろう」

「えぇぇっ？」

「ソロン隊長、それいいですね、お願いします。トラビ族の村って、南東のシナート村の方向だろ？　俺、来週ならそっちに運ぶ荷物があるんだ。その時でよければ馬車に乗せてってやる」

「いや、あの」

「そうと決まれば、今のうちに村の誰かに調薬しておきたい薬草茶があるなら手伝うぞ。採取もな。また明日来るから、必要なもの考えておけよ。じゃ！」

ルドリックはさっさと帰ってしまった。

残ったシェントロッドが話を進める。

「一応、モーリアン医師に診てもらってから行け。ああ、手紙の返事を書くなら、俺が届けてやる。トラビ族のペルップだったな。今、書け」

「ええーっ」

レイゼルのペルップ突撃訪問は、もはや決定事項のようである。

仕方なく（？）私室から紙と封筒を持ってきて、レイゼルはかまどのそばの作業台で手紙を書くことにした。頬のあたりにシェントロッドの視線を感じるので、微妙に緊張感がある。

（トラビ族に手紙を書くなんて、初めて。どんな書き出しがいいのかな。うう、隊長さんを待たせているると思うと余計に焦って文面が出てこない）

迷っていると、声がした。

「……前から気になっていたんだが」

「はい？」

振り向いてみると、シェントロッドは水車の近くの棚に置かれている数本の瓶に目をやっていた。

瓶は、一本は透明な液体に満たされ、下半分は何か緑色の植物や白っぽい小さな花がぎっしりと入っている。その隣は、やはり何か植物が入っているが、薄い黄色。さらにその隣は茶色い。

「あれはもしかして、酒か」

「はい、薬草酒です」

レイゼルはうなずいた。

「店主は酒を飲むのか？　祭りの時は飲んでいなかったようだが」

シェントロッドに言われ、レイゼルはちょっと驚いた。

（私のことなんて、見てる風じゃなかったのに）

そういう彼女こそ、彼の様子が気になってチラチラ見ていたのだが。

とにかく、レイゼルは答える。

「たまにですけど、寝る前に少しだけ飲みますよ。疲れている時とか、身体を温めたい時とか。

「……そうだわ、待っている間、いかがですか？」

「あ？」

シェントロッドの方は、単に虚弱体質のレイゼルが酒を飲むのが意外で聞いてみただけなのだが、レイゼルにしてみたら手紙を書くのを見張られる、もとい、手紙を書いている間ずっと待たせるのも気が引ける。

「お祭りの時、リーファン族の蜂蜜酒、すごく美味しかったので。これも試してみてください。ね、ぜひ！」

「……では、少しもらおう」

「はい！」

レイゼルは立って、茶色の瓶を持ってきた。

「元のお酒は、アザネのきれいな水と、穀物の一種で作られたものです。そこに、風邪予防のチメ草とか、気持ちが落ち着くサーゲ草とか、喉にいいピパの葉を刻んだものなんかを漬けました。茶色いのが飲み頃です」

いつものカップに少しだけ注ぎ、シェントロッドに渡す。

「飲みにくかったらお湯で割りますから、言ってください」

シェントロッドは慎重に口に含み、味わってみた。

「……青臭いだけかと思ったら、意外と飲みやすいな。甘みもある。これは、俺の薬草茶に使っている薬草も入っているか？」

「あ、そうなんです、わかりますか？　甘みはゾーカを入れているので」

売り物ではなく、趣味で作っている薬草酒についてわかってもらえて、嬉しくなるレイゼルである。

シェントロッドは続けた。

「蜂蜜酒も、身体にいい。何なら持ってくる」

「えっ、ここに？　あっ、ありがとうございます！」

レイゼルは少し焦った。

アザネ村では、誰かが酒を持ってくると言ったら、迎える側は何でもいいから料理を用意するのが常識なのである。

しかし、シェントロッドはリーファン族だ。あまりたくさんは食べないし、祭りの飲み食いの時でもやはり、いつもと同様だった。酒が入ったら色々つまみながら食べる、ということはないらしい。

(何を用意したらいいかな？　スープだと、隊長さんはお金を払ってしまうし)

考えたレイゼルは、あ、と思いつく。

「じゃあ、ムカカの実と、さっぱりめのチーズを用意しておきますね。蜂蜜に合うんです、種がプチプチする甘い果物と、お酒の香りを邪魔しないチーズ。一緒に食べるとまろやかで美味しいですよ」

「ふん」

シェントロッドは、想像しているらしい。

「それは楽しみだな。……ところで手紙は」

「あっ、はいっ」

あわてて手紙を書くのに戻るレイゼル。

シェントロッドはそんな彼女を眺めつつ、ベンチで薬草酒をちびちびやりながら、

「……こういう時間も、なかなかいいな」

などとつぶやくのだった。

第六章　トラビ族の村で湯治　～カショイモとジオレンの果汁の甘いスープ～

上着と帽子と毛布ですっぽりくるまれたレイゼルは、小さな馬車の荷台で揺られていた。

「大丈夫かレイゼルー、休憩したかったら言えよ」

御者台（ぎょしゃ）で振り向いたルドリックが言った。

「大丈夫！」

マフラーを指先で軽く下ろして口元を出し、レイゼルは答える。

晩秋を迎えた、ナファイ国。

柔らかな日差しを透かした紅葉のトンネルの下、山の中腹を緩やかに上りながら回っていく道だ。

アザネ村を馬車で出発したルドリックとレイゼルは、一つ目の村で一泊、次の村でも一泊してから、さらに南東を目指しているところだった。

途中までは、用事のある村人たちが一緒だったが、村に寄るたびに一人ずつ降り、今は二人。アザネ村に戻る時はまた、誰かを乗せるかもしれない。

あちこちの町や村と取引しているルドリックは、同じ方向に行く旅人や商人に声をかけて、しょっちゅう乗せている。

「色々な話が聞けて面白いぜ。お礼に、って、珍しいもんくれたりな」

物怖(ものお)じしないルドリックは、一期一会(いちごいちえ)を楽しんでいるようだ。

「他の種族の人を乗せることもあるの？」

「それはないなー。まぁ、リーファン族は元々あまり交流を楽しむ種族じゃないからともかくとして、トラビ族も意外と乗せたことないんだ。やっぱり種族が違うと、通る道も行動時間も違うんだろ」

「なるほどー」

「だから、レイゼルを送るついでに村がのぞけるなら楽しみだ。トラビの村がこの辺にあるのは知ってた。目立つからな」

「目立つ？」

レイゼルが首を傾げた時、ルドリックが前方を指さした。

林を抜ける上り坂の先が明るく開け、そこから尾根道(おねみち)になっているようだ。ジオレンの木が何本か、陽の光を受けて立っているのが見える。いくつもの実が、緑色から黄色に、そして黄色と赤色の間のような食べ頃の色に変化しつつ、艶々と生っていた。

（そろそろ旬だものね、ジオレン。でも、目立つ、って？）

レイゼルが思っているうちに、馬車は尾根道に出た。

「……わぁ」

レイゼルは思わず、荷台の縁につかまって景色を眺めた。

尾根道から見下ろす南側の斜面が、一面、ジオレン畑だったのだ。濃い緑の葉の合間に、鮮やかなジオレン色が見え隠れする景色が続いている。

「反対側の山から、トラビ族のジオレン畑がよく見えるんだ。な、目立つだろ」

ルドリックはどこか得意そうに言った。レイゼルはその景色から目を離さないまま、うなずく。

「うん。何だか、ちょっと空気も違うみたい」

自分の声が、少し弾んでいるのを感じるレイゼルである。

やがて、ルドリックは少し開けた場所に馬車を停めた。彼に手を借り、レイゼルは馬車から降りる。

「アザネよりあったかい気がする。さすが、火脈が近いだけあるね」

レイゼルはマフラーと帽子を取った。

ルドリックが荷物を下ろそうとしているところへ、甲高い声がかかる。

「あっ、人間族だ！」

「えっ」

二人が振り向くと、いつの間にか、真後ろに一人のトラビ族が立っていた。ジオレンの木の間を抜けて、上ってきたのだろう。まだ小さい。

彼（彼女？）はヒゲを動かし、こちらを見上げて聞く。

「もしかして、ペルップ先生の友達のレイゼル・ミル？」

「そうです、こんにちは」

名前を知られていたらしいことに少し驚きながら、レイゼルが挨拶すると、トラビ族は答えた。

「知らせてくるから、下りてきて！　そっちの人も！」

そして、長い耳をひらっとひらめかせて向きを変えると、ピュッとジオレンの木の間を下りていってしまった。

「下りるって、えっと」

見回すと、すぐそこから丸太を埋め込んだ木の階段の降り口がある。

「やった、俺も行っていいんだ？　まぁ、荷物運ぶつもりだったけど」

ルドリックが荷物を持ち直した。レイゼルも一つ荷物を背負うと、初めての地にどきどきしながらうなずく。

「行ってみよう！」


階段を、ゆっくりと下りていく。

両脇に続くジオレンの木々は、それほど高くなく、ルドリックの背丈くらいだろうか。

（隊長さんだと、頭が出るかも）

レイゼルがそんなことを思っているうちに、やがて木々が途切れ、畑に出た。青空の下、段々畑になっているそこは、さらに下っている。

あぜ道をトラビ族の姿がちらほら行き来しており、何か野菜を収穫している姿もあったが、下の方の畑ではどうやらひなたぼっこをしているようだ。

「収穫した後の畑でひなたぼっこかー、なんかいい雰囲気だな」

ルドリックが笑う。

その景色の中を、こちらに向かって上ってくる姿があった。

「レイ！」

王都の薬学校で着ていた制服。目の上の傷跡。

「ペルップ！」

レイゼルは手を振る。

「お言葉に甘えて、来たよ！」

ペルップは目を細め、歯をむき出して、彼ら独特の笑顔を見せる。

「ぐひひ、よく来たな！　レッシュレンキッピョン村にようこそ！」

名前長いな！　とレイゼルとルドリックは思ったが、口には出さない。

ペルップはヒゲを動かしながら言う。

「体調悪いんだろ、大丈夫だったか？」

「うん、馬車で送ってもらったの」

レイゼルがルドリックを示しながら言うと、ペルップは彼を見上げる。

「あ、アザネの村長んとこの！　名前は忘れた！」

「ルドリックだよっ、久しぶり」

昨年冬に顔を合わせている二人は、握手を交わした。

トラビ族は名前を覚えるのが苦手だけれど、匂いで個体を識別しているので、相手が誰なのかはわかっているのだ。界脈流を読むリーファン族と、どこか似ている。

「そうそう、ルドリック！　あんたも何日でもゆっくりしてってくれな！」

「よかったら一泊だけ、世話になりたいんだ。人間族のシナート村に行くついでにレイゼルを連れてきただけなんで、明日の朝に出るとちょうどいい」

「おう、わかった！　よし、こっちだ」

二人はペルップの後について、さらに階段を下りた。

「ペルップだけ、服を着てるんだね？」

レイゼルが聞くと、彼は答える。

「真冬になると、寒いから上着を着るやつもいるけどな。普段は村長とか、教師とか、医者が着る。せっかくだからオレは薬学校の制服をそのまま使ってる」

トラビ族にとって、服は身体を隠すものではなく、属性を表すものらしい。ちなみにペルップは上着だけ着ていて、まるまるもさもさした尻尾が裾から見えていた。

目の前で動くその尻尾をついつい見つめてしまいながら、レイゼルは言う。

「薬草を扱う店主らしくていいと思うよ、ペルップ先生」

「よせやーい。ぐひひ！　ほら、あそこがオレんちだ」

階段を下りきったところに、丸太小屋がいくつも見えてきた。ここが集落のようだ。そこから先は岩場で、その下を川が流れているのが見える。ペルップの家は上流側だった。

岩場の上には、草を編んで作った敷物が敷いてあり、何か小さくて平べったい茶色のものが大量に干してある。

「あれ、何だろ」

ルドリックがつぶやくと、レイゼルが答える。

「ジオレンの皮だよ。ああやって干したものが薬になるの。呼吸を界脈と繋げてくれるんだ」

「へぇ」

「ジオレンの皮は、古いものほど効能が高いぞ。だから毎年、保存分も含めてたくさん干すんだ」

ペルップも説明した。

彼の家の前まで下りたところで、さらに上流の岩場から白い湯気が立ち上っているのが見えた。

「あのあたりから温泉が湧いてるんだ。オレんちのすぐ外にも引いてるから、そこで入れるぞ」

話しつつ、ペルップは開け放されていた扉から小屋の中に入る。

トラビ族は大柄な者なら人間族と同じくらいの身長があるので、建物の大きさは人間族の村とさほど変わらない。

入ったところは土間（どま）で、かまどがあり、作業台や薬草棚が置かれている。あちらこちらから薬草の束が下がり、少々クセのある薬草の香りがする。

「レイゼルの薬草茶の店と似てるな」

荷物を置いて、ルドリックが小屋の中を見回した。

土間から一段上がった板間はベッド三つ分くらいの広さがあり、積み上がった本やら食器、畳んだ敷物の上に枕も載せてある。ペルップは、この空間で一日を過ごしているらしい。

板間に面して扉が二つあり、片方は開けっ放しになっていて、広い部屋が見える。ベッドがいくつかあり、衝立で仕切られていた。少しフィーロ市の宿と似ている。

「患者用ベッドで悪いけど、今は誰もいないから、好きなのを使ってくれ。あと、そっちの扉から出れば風呂」

「見たい、見たい！」

レイゼルとルドリックはさっそく、その扉を開けた。

すぐに外階段が始まっていて、下りたところが岩風呂だった。湯がひたひたと満ちている。

屋根はあるけれど壁はなく、湯気を透かして川向こうの低い山の紅葉を眺め渡すことができた。

「初めて見たわ……これが温泉」

レイゼルは目を丸くする。身体全体が浸かるような風呂は、見るのが初めてなのだ。

「すげー。え、でもこれ外じゃん。外で入浴？」

ルドリックが言うと、背後からペルップの自慢げな声がする。

「露天風呂っていうんだ。いつでも入ってくれ、気持ちいいぞ。レイゼル、湯にこれ入れるか？」

レイゼルが振り向くと、彼は手に細長い大きな葉を何枚か持っていた。

「ピパの葉ね、学校でやったよね！」

ピパは、その実の形がピパという楽器に似ていることから名前がついた木で、昔から薬効があることで知られていた。肌の調子を整えると言われている。

「そうそう。あと、これと一緒にルチの実を入れるといいんだ」

「そうか、ルチはオリスタの仲間だからピパの効果を高めるのね。ジオレンも使うんでしょ？」

「使う使う。でさ、ジオレンと一緒にトンコの葉を干したやつを試したんだけど――」

「それなら、もしかしてヌンティの木の皮の方が――」

王都薬学校他種族クラス同期の二人は、徐々に専門的な話を始め、ルドリックは置いてけぼりである。

彼はそーっと口を挟んだ。

「えーと、俺、さっそく湯に入ってもいい？」

「おう！　いつでもいいぞ！　レイゼルは少し休んでから入れよ。入浴は体力を消耗するからな」

「ありがとう。じゃあ今日は休んで明日にさせてもらおうかな。あ、お土産に色々持ってきたよ」

彼女のお土産とは、もちろん薬草類である。

座って薬草茶を飲みながら、また専門的な話に突入していく二人だった。


「よし、準備できた」

髪を高い位置で結ったレイゼルは、腰かけていたベッドから立ち上がった。

彼女は今、ゆったりした前合わせの服を着ている。薬学校の制服姿に似ていて、脇を紐で結ぶ形だ。下にもゆったりしたズボンを穿いている。

これは、レイゼルの湯着だった。

普段、アザネ村の村人たちが身体を綺麗にする時はどうしているかというと、夏なら大きな桶で行水する。しかし、冬は薪にも限りがあるため、湯には浸からない。寒いので寝間着を着たまま、石鹸水に漬けた布を絞って服の中に手を入れるようにして身体を拭き、仕上げにもう一度お湯で絞った布で拭く……というやり方である。

特に風邪を引きやすいレイゼルは、秋から春先まで、そんな風に身体を清めることが多かった。

そんな時、薬学校の制服は身体を拭きやすいと気づいた彼女は、柔らかい生地で同じ形の服を作ったのである。

縫い目がガタガタなのには、触れないでおく。彼女は頑張った。


レッシュレンキッピョン村に到着した日、レイゼルは長い移動の疲れと旧友に会った気持ちの高揚からか、夜に少し熱を出した。

翌朝には下がったので、しばらく様子を見て、夕方にいよいよ露天風呂へ。その際、ペルップの許しを得て、この格好で入浴することにしたのである。

（やっぱり、素っ裸で外での入浴はね……ちょっと抵抗が）

「あまり長く浸かるなよ、かえって疲れるぞー」

「わかった！」

ペルップに見送られ、レイゼルはドキドキしながら、風呂へ向かった。

扉を開け、木の階段を下りると、岩風呂の縁に出る。手桶で湯を汲んでみると、ちょうどいい温かさだ。

（そういえば、トラビ族は温度にこだわるのよね）

レイゼルは思い出す。さっき何か調節していたようだったし、薬学校時代も煎じる時の温度にとてもこだわっていた。

湯着を着たまま、ざっと身体を清めると、レイゼルはおそるおそる足先から湯に入った。

じわ、と、指先からしみ入るような感じで、身体が温まっていく。湯には、ペルップがピパの葉から煮出した薬が入っていて、いい香りがする。

顎まで浸かったレイゼルは、温まった手で自分の頬に触れた。冷たい頬も、じんわりと温まっていく。

ちなみに、今朝までいたルドリックは昨日の内に二度、この風呂に入った。

「たまらないなー。アザネにも温泉、湧かないかなー」

彼はそんなことを言いながら、取引先の村へと出発していった。雪解けの季節にまた、迎えに来てくれる予定だ。

目を閉じたレイゼルは、ゆっくりと深呼吸する。

「はー……」

目を開けると、西日に照らされた美しい紅葉が視界に入ってきた。

すぐ下の川を、しゃらしゃらと流れる水音。

色と音、香りと温かさ。

（すごいなー……。今、私を取り巻いてるもの全部が、私を癒してくれてる感じがする。界脈の一部になってるみたい）

岩の縁に頭を載せて、レイゼルはその温かさに身を委ねた。


「大丈夫だったかー？」

家の中に戻ると、ペルップが作業台で薬草を分類しながらヒゲをぴこぴこさせた。

ほかほかになったレイゼルは、うっとりとうなずく。

「すっごく気持ちよかった……すごいね、温泉」

「いいだろー？　あ、ほら、水分とれ」

彼は冷ました薬草茶を木のカップに入れてくれ、レイゼルは受け取る。

「ありがとう。……そうだペルップ、実はね、何日かしたら隊長さんが様子を見に来ることになってるの」

お茶を飲みながら言うと、ペルップは目を丸くした。

「あの、リーファン族の警備隊長？　なんで？」

「村の人たちが、私をすごく心配してくれてるの。それで、界脈士は界脈を通って移動できるでしょ？　隊長さんが私の様子を確認すれば、村の人たちが安心するだろうって」

「ふーん。そんなことまでねぇ」

　彼はちょっと面白そうに、長く垂れた耳を揺らした。

「あ、お前がレイだって、警備隊長にはまだバレてないのか？」

「うん」

「わかった。来るのは全然構わないぞ。何なら泊めるしな。リーファン族には狭い家だけど」

「んー、泊まらないと思うよ、すぐに帰れるわけだし」

「あ、そうだな。それとオレ、ソロン隊長の前では、レイのことちゃんとレイゼルって呼んだ方がいいな」

「ごめん、気を使わせて」

「オレはいいけど、レイ――レイゼルはどうなんだよぉ」

　ペルップはヒゲを動かし、ズバズバと言った。

「秘密や心配ごとを抱えてて、それに加えて、オレが気を使ってるんじゃないかって事まで心配してたら、身体によくないに決まってるぞ。特にレイゼルみたいなやつはさ」

「あ、うん……そうだね」

（私、変だな。本当のことを話すより、今のままの方がいいような気もして。どうしよう）

揺れ動くレイゼルだった。


最初の数日は、やはり環境が大きく変わったり初めての湯治に慣れなかったりで、レイゼルの体調も良くなったり悪くなったり。

しかし、ペルップの協力で体調に合わせて薬草茶の配合を変えていくことができたので、一週間後にはだいぶ落ち着いた。

全く動かないのもよくないだろうと、暖かい昼間に散歩に出てみる。

ジオレンの収穫期も、そろそろ終盤だ。雪が降る前に収穫を終えようと、村のトラビ族たちがジオレン畑に総出になっている。

手伝いをするにはまだ小さい子どもたちが、収穫の終わった畑でコロコロと駆け回っていた。レイゼルを見つけると、わらわらと寄ってくる。

「レイゼルは、ペルップ先生のお友達なんだよね？」

「人間族は何を食べるの？　ジオレン食べる？」

「オレたちと一緒に温泉、入る？」

村から出たことのない子どもたちは、彼女に興味津々だ。

「そう、ペルップ先生のお友達だよ。みんなと同じで、野菜や果物が大好きだよ。温泉、すごくいいね！」

そう答えると、子どもたちは喜んだ。

誘われるまま、レイゼルは村で一番大きな浴場に行った。

ここはペルップが経営・管理している薬湯浴場で、日替わりで様々な薬湯に入ることができる。職員によって清潔に保たれており、村人は定額を支払えば入り放題、レイゼルは受付（トラビ族が一人、ちょこんと座っている）で一回分の料金を払ったが、それもかなり安かった。

川に沿って細長く岩で囲われたそこは広く、一部にだけ屋根が作られていて、残りの部分は露天だ。湯はうっすら緑色をしている。

レイゼルはくんくんと、匂いをかいだ。

（ビパの葉と、ヌンティの皮から煮出した薬湯ね。トラビ族は皮膚が乾燥しやすいから、この組み合わせは皮膚を潤わせるのにすごくいい。ペルップは村人たちを守ってるんだ）

子どもたちは無料ということもあり、遠慮なく湯に飛び込んだ。レイゼルは岩の縁に座り、足だけ浸けて、彼らがじゃぶじゃぶと泳ぐ様子を眺めた。楽しそうで、自然と笑顔になる。

彼らの毛は太く、ごわごわしていて、湯から上がって身体をぶるぶるとふるわせるだけで水が切れるようだ。

（便利だなぁ）

ちょっと羨（うらや）ましいレイゼルである。

ふと、視界を何か白いものがかすめた。

「ん？」

見上げると、いつの間にか空は曇り、白くふわふわしたものが落ちてきていた。

「雪……！」

足湯のおかげか、ちっとも寒くないので気づかなかった。

「雪だねー」

「雪だー」

いつの間にか、湯に浸けているレイゼルの足の近くに子どもたちがぎゅうぎゅうと寄り集まってきていた。耳と目と鼻だけを湯から出し、目を細めてじっとしている。ごわごわした毛の頭に、雪がうっすらと積もっていく。

「おうちに帰らなくていいの？」

聞いてみると、一人が口を湯から出して言う。

「うん。みんな、ここに来るから」

「……？　……あ」

気がつくと、村の大人たちが次々と温泉に入ってきていた。

（そっか、みんな、冬はこうして暖をとるんだ。気持ちよさそう）

岩風呂に収まってぬくぬくほかほかしているトラビ族たちを、レイゼルは笑顔で眺める。

しかし、当たり前だが、トラビ族だらけだ。

（アザネ村のみんな、元気にしてるかしら）

村人たちの顔を思い浮かべたレイゼルは、ふとつぶやいた。

「……隊長さん、いつ私の様子を見に来てくれるかな。……っと、いけない。積もる前に私は帰らないと」

足を上げ、持っていた布で拭いて、靴下と靴を履く。

立ち上がろうとした時、目の前に大きな手が、スッ、と差し出された。

トラビ族の手ではない。

「えっ」

顔を上げると――

肩から落ちる緑の髪、屈み込んでこちらを見つめる緑の瞳、長いコートの軍服にブーツ。大きな手。

シェントロッド・ソロンだった。

「隊長さん……！」

「様子を見に来た。店主がここにいるのはすぐにわかった」

淡々と言いながら、シェントロッドは軽く手を突き出すようにした。

（あ、そうか、足を浸けてたから水脈で？）

合点が行ったレイゼルは、反射的にその手を取って立ち上がったが、あわてて手をパッと離す。

「あ、ありがとうございますっ」

ふと気づくと、湯の中のトラビ族が皆こっちを向いて、目を丸くしていた。

シェントロッドはさらりと名乗る。

「ロンフィルダ領警備隊のシェントロッド・ソロンだ。邪魔するぞ。……行こう。トラビ族の薬草茶の店に滞在しているんだったな」

「あっ、はい！　みんな、じゃあね、ごゆっくり！」

レイゼルは声をかけ、二人は川沿いを上流に向かって歩き出した。

シェントロッドは軍服の肩に留めていたケープを外すと、レイゼルの頭に被せながら言う。

「具合はどうだ」

「はい、波はある感じですけれど、だいぶいいです！」

「そうか」

ちらちらと降ってくる雪は、シェントロッドのケープのおかげで、レイゼルの頭や肩に触れることはない。

（何だか、嬉しい）

彼の気遣いに、ほっこりするレイゼルである。

「アザネ村のみんなは、変わりありませんか？」

「特にない。のどかなものだ」

「よかった！　あ、あそこです」

ペルップの丸太小屋に案内する。

ペルップは、尻尾をふりふり昼食を作っているところだった。

「おう、レイゼ……おお？」

「邪魔するぞ」

「リーファンの隊長さんじゃないか、ようこそ！　あぁ、様子見に来るって話だったな！　ちょうどよかった、多めに作っちまったから」

このあたりは冬でも川魚がとれるので、ペルップは串焼きにしていたようだ。ちょっとだけ煙い、香ばしい匂いが漂っている。

それに、ニオニンを丸ごと煮たスープ、朝に焼いたパン、皮ごと焼いたジオレン。

ジオレンは焼くと、皮に含まれている薬効が果肉に移ると言われている。

「さぁ、食ってくれ！」

「……スープをいただこう。俺は魚は食べない」

「あ、そうだった、リーファンだもんな！　悪い悪い！」

なんだかんだ言いながらも、三人は板間の低いテーブルを囲んだ。

シェントロッドは長い足を苦労して組んでから、木の椀を手に取る。

「トラビの食事にあずかるのは初めてだ。このスープは美味いな」

「だろー？　ニオニンを丸ごと使うのがコツなんだ」

幾重もの層になっている野菜ニオニンは、スープにしっかりと味を出している上に、中の方がトロトロのアツアツになっている。

「しっかしリーファンの隊長、よくレイゼルを見つけたなー。そこそこ広いと思うけど、この村」

ペルップが不思議そうに言った。どうやらシェントロッドの名前も忘れているらしい。

レイゼルは笑う。

「私、子どもたちと温泉にいたから。足をお湯に浸けてると、水脈と繋がってることになるの」

「それで気づくんだ⁉」

驚くペルップ。

シェントロッドは淡々と答える。

「水脈は読みとりやすい。探そうと意識すればすぐわかる。見つけてみたら、レイゼルはトラビ族にすっかり溶け込んでいたな。並んだ後ろ姿は全く違和感がなかった」

「ええ⁉　そうですか⁉」

「ぐひひ！」

ペルップが噴き出す。

「そういや、確かにトラビ族みたいな雰囲気だ、のんびりしてるもんな！　もうレイゼル、この村の一員になっちまえば？」

すると、レイゼルが何か答えるより早く、シェントロッドがスパッと言った。

「それは困る。レイゼルは俺……たちに必要だ」

「え」

目を瞬かせながらレイゼルはシェントロッドの顔を見たが、ペルップは自分の言葉がツボに入ったらしく、さらに笑っている。

「残念！　すっごく似てるのにな、ボーッとひなたぼっこしてるところとか！」

「ちょ、もうっ」

頬を膨らませるレイゼルだった。


食事の後、シェントロッドはレイゼルが泊まっている部屋も確認した。

「アザネの村人たちがうるさいんだ。どんな部屋に泊まっているのか、寒くないのか、食事はどうなんだと」

「ふふ。食事はさっき、確認できましたね」

レイゼルは笑う。

「家の中、暖かいでしょう？　金属の管が家の下を通っていて、中を温泉が流れているんです。下流の家にお湯を運ぶ配管です」

「そういう仕組みになっているのか。道理で、かまどを離れても暖かいと思った」

シェントロッドはベッドの並んだ部屋を見回す。

「ここにレイゼル一人なのか」

「はい、今は」

レイゼルは、大部屋に入って左手奥のベッドを使っていた。横になった時、頭側は壁でその向こうが風呂、右手が衝立を挟んで隣のベッド、左手が窓で川向こうの山が見える。長期滞在なので、窓側に荷物を置けるこの場所は使い勝手がいい。

シェントロッドは腕組みをする。

「ここに病気の患者が来たら、お前にも感染するだろう」

「大丈夫です、ここには病気というより、界脈流を調整したい患者さんが泊まるんです。うつるような病気の患者さんは、診療所に行きます。この村の診療所にもベッドがあるので」

「そうか。……………あの時は済まなかった」

「あの時？」

「お前の店は、患者が入院することなど想定していないというのに、俺が」

「あぁ！」

落盤事故の後、体調を崩したシェントロッドが朦朧とした状態でレイゼルの店に転がり込んできたのを、彼女はようやく思い出した。

「ふふ。隊長さんならすぐにゴドゥワイトにも行けたのに、とっさに私を頼ってくれて嬉しいです」

「む……」

何やら口ごもるシェントロッドであった。

シェントロッドは他にもいくつかレイゼルやペルップに質問し、風呂も確認した。ペルップが入浴を勧めたが、あっさりと断る。

「レイゼルが養生できていると確認できればいい。俺はそろそろ行く」

「え、もう……？」

彼がもう少しいると思っていたレイゼルは、気持ちが急に、葉野菜に塩をかけたように萎れるのを感じた。

「…………」

シェントロッドが無言でレイゼルを見下ろすと、彼女はあわてて顔を上げる。

「あ、お仕事がありますもんね！　村に戻らないと！」

「その前に、ゴドゥワイトに寄っていく。ここから近い」

「『湖の城』が？　そうなんですか？」

「知らなかったのか。地図を見ろ」

自分の現在地がイマイチわかっていないレイゼルに、ちょっと呆れている様子のシェントロッドである。

「えっと、見ておきます。あの、また来てくださいね！」

「ああ。また一週間後には来る」

「きっとその頃には、もう少し元気になっていると思うので、村の人たちの薬草茶を調薬したら持って行っていただけますか？」

必要な薬種があればペルップから購入できるし、レッシュレンキッピョン村に出入りの商人にも仕入れを頼めると言われていた。

ジオレンの皮も大量にあるし、この近辺で採れる薬草も多いので、薬種には事欠かない。

シェントロッドは、少々渋い顔をする。

「もちろん構わないが、無理はするな。せっかく湯治に来ているんだからな」

「はい、作り置きできる分はしてきましたし。保存が利かない薬草を使う人の分だけ作ろうと思って」

レイゼルの答えにシェントロッドはうなずき、そしてペルップに挨拶した。

「店主を頼む。ではな」

そして彼は扉を開けて出て行く。

レイゼルも一緒に出て、彼が姿を消すのを見送った。


土間に戻ると、ペルップが目を細めて言う。

「レイゼルは大事にされてんなー！」

「えっ」

ちょっと、レイゼルはドキッとする。

「そっ、そんな風に見えた？」

「村の人たちがすっごく気にしてるんだろ？　しっかり治さないとな！」

「あ、そっち……うん、そうだね、本当に」

えへへ、と笑うレイゼルだった。

雪の降る日が増えてきた。

ジオレンの収穫も終わり、本格的な寒さが来ると、トラビ族はあまり動かなくなる。その状態を冬眠と呼ぶこともあるが、ずっと眠っているわけではなく、衣食住にまつわる必要最低限のことだけはする。

食事の量が少なくなるので、雪の降らない日に必要な野菜だけを収穫し、降っている時は湯に浸かったり、家のかまどの前に家族で寄り集まって暖を取ったりして過ごすのだ。

「村を散歩しててもつまらないだろ、みんな浴場でウトウトしてて」

そう言って笑うペルップは、仕事が調薬であるため、暖かい店内で比較的活発に動いている。

しかし、やはり夜の睡眠時間は長くなっているし、薬草茶や入浴用の薬種を届けに外出した後なども、家や風呂で温まりながらウトウトしていた。


「ペルップ、ちょっと野菜を採ってくるね」

昼過ぎ、レイゼルは、板間で毛布をぐるぐる巻きにして船を漕いでいる彼に声をかけると、彼女自身もしっかり着込んで外に出た。

今夜は彼女が、夕食を作ることになっている。二人分だけだし、レイゼルは小食なので、大した手間でもない。

チラチラと雪の舞う中、すぐ外の畑で、冬野菜のコピネ菜を抜いた。

「うー、寒っ」

カゴを持って立ち上がり、ふとあたりを見渡すと——

うっすらと白く化粧された段々畑に、動く影があった。

(珍しい。雪が降っているのに、誰か畑に出てる)

レイゼルは思いながら、店に戻った。


湯が使えるので、野菜や食器を洗う時に手が冷えず、現在の彼女にとってとても助かる。

コピネ菜はサッと湯通しして絞り、食べやすい大きさに切り、塩をふっておいた。夜には美味しくなっているだろう。

カショイモを切って鍋に入れ、茹で始めて一息ついた時、レイゼルは先ほどの影を思い出した。

(さっきは何をしてたんだろ。トラビ族は今、動きが鈍くなっているから、用事を済ませるのも時間がかかって大変だろうな)

お人好しのレイゼルは、扉を少し開けて外をのぞいてみた。

すると——

やはり、段々畑の間を影が動いている。先ほどとは違うあたりを歩いていた。単に、ゆっくりと移動しているだけのように見える。

(さっきのトラビ族だわ、かぶっている帽子が同じだし。ど、どうしたんだろう、雪の中、こんなに長いこと外にいるなんて)

気になり出すと、放っておけない。

レイゼルは再び、上着を着込んだ。

よたよたと畑の合間の道を上り、レイゼルはその影に近づいていった。影は彼女に気づいたようで、立ち止まる。

レイゼルは話しかけた。

「こんにちは、何かあったの？　お手伝いしましょうか？」

「ありがとう！　大丈夫、心配しないで！」

やや高い声。くりっとした目の、トラビ族の女の子だ。

コートを着て、耳当てならぬ頬当てつきの毛糸の帽子をかぶっている。長い耳は帽子の中に入れてしまっているようだ。

「眠れなくて、散歩してるだけだから！」

「そう。……え？」

レイゼルは目を丸くする。

(眠れない？　トラビ族が⁉　冬はいつもウトウトしてる、トラビ族が⁉)

「あの」

レイゼルはつい、誘っていた。

「それなら、よかったらお茶しに来ませんか？　私もペルップが寝ていて、暇なの」

「えっ⁉」

トラビの女の子は目を見開き、身体を軽く跳ねさせた。

「ぺ、ペルップ先生のお店に……？」

「うん、今は患者さんもいないし」

「じゃあ……ちょっとだけ……」

女の子はうなずいた。


トラビ族の女の子は、ピリナと名乗った。

帽子を取り、コートを脱ぐと、ペルップよりも毛の色が淡い。まるでミルクを少し入れた紅茶のようである。年の頃は、レイゼルよりやや若い感じがした。

彼女は、板間と土間の段差に座る。

「ピリナ、お茶をどうぞ。それと、甘いものは好き？」

ピパの葉茶を出しながら聞くと、ピリナは「好き！」と答えながら、ちら……とペルップを見た。

彼は板間の隅で壁にもたれて座り、毛布にくるまったまま目元だけ出し、置物のように寝息をたてている。

レイゼルは、鍋で茹でていたカショイモをザルにあけると、布巾(ふきん)を使って皮を手早く剥いた。

濃い黄色のイモを潰したところに、ジオレンの果汁を入れ、ぐるぐると混ぜられる程度になめらかにする。味を見て、蜂蜜で甘さを調整した。

木の器によそって、ケッシーの木の皮を粉にしたものをスプーンで散らす。いい香りがするし、身体が温まる効果がある。

「『カショイモとジオレンの果汁の甘いスープ』。味見してみてくれないかな？」

椀に入れて出すと、ピリナは鼻先を動かして香りをかいだ。

そして、スプーンで一口。

「……美味しいわ！　甘いカショイモが、ジオレンでさっぱり食べられる。ジオレンのこんな食べ方、初めて！」

「よかった！　せっかくこの村にいるから、ジオレンで何か作りたかったの」

レイゼルも器を持って、ピリナの隣に腰かけると、食べ始めた。

ピリナはもう一口食べてから、レイゼルを見る。

「レイゼルも、人間族の村で薬草茶を作ってるんですってね。具合が悪くて、ここに来たって聞いたの」

「うん、そう。元々、あまり丈夫じゃないのに、ちょっと無理しちゃって」

「薬草茶のお店をやってるのに、身体が弱いの？」

ズバズバ言うところは、トラビ族の特徴かもしれない。

「そうなの。っていうか、身体が弱いから、薬草茶のお店をやろうと思ったの。自分のためにもなるし、村の人のためにもなるでしょ」

「なるほど……！　発想の転換！　賢いのね！　やっぱり賢いからこそ、薬草を扱えるようになるのね！」

「ど、どうだろ……」

澄んだ瞳で褒められて、困ってしまうレイゼルをよそに、ピリナは片手で拳を作る。

「私も賢くなりたい！　だから、みんなが寝てる間に、本をたくさん読んでるの」

「そっか。でもピリナ、さっき『眠れない』って言ってたね。それは、眠りたくても、ってこと？」

「ええ」

彼女はため息をついた。

「何だか色々、考え事をしちゃって。寝なくちゃ、って思うとよけいに眠れないし。最近はいつもこうなの」

「いつも⁉」

「ええ。夜遅くになると、プッツンと糸が切れるみたいに眠れるんだけど、昼間は全然」

よくよく見ると、ペルップと比べて、毛並みに艶がない。元気とはいえない状態なのかもしれない。

（人間族ならともかく、トラビ族が冬場にウトウトしなくて大丈夫なのかしら。それに、夜に眠る時、気絶するみたいに入眠するのは、確か良くないことなのよね）

レイゼルは心配になって聞く。

「考え事って、何か悩みでもあるの？」

「悩みっていうか……」

ピリナは口ごもる。話したくないようだ。

無理に聞き出そうとはせず、レイゼルは少し話を逸らした。

「家族が寝てる間、退屈でしょうね」

「うん。だから、私ひとりで本を読んでることが多いんだけど、もう家の本は読み尽くしちゃって。散歩したら疲れて眠れるかなと思ったけど、歩きながらまた色々考えて、目が冴えちゃって」

そう言いながらも、彼女は板間に積み上げられた本の山をチラチラと見ている。

（ほんとに読書家なのね）

レイゼルは思いながら、言った。

「ペルップに、ピリナが来てここの本も読んでいいか、聞いてみましょうか。時々遊びに来てくれると、私も嬉しいから」

「ほんとっ？」

「うん。それに、起きてる人同士で過ごした方が、ランプ油の節約にもなるでしょ。もし眠くなったら、ここで寝たらいいわ」

提案すると、ピリナは耳をぴょこんと跳ねさせた。

「ここで寝る⁉　そ、そんなっ、恥ずかしい！」

「恥ずかしいんだ⁉」

みんなで浴場でウトウトしているのに⁉　と思ったレイゼルは、つい突っ込む。

「だって……」

ピリナは再び、チラチラと視線を板間の隅に投げた。

けれど、今度見ているのは、本の山ではない。

ペルップだ。

さっき、ピリナを店に誘った時の、彼女の反応を思い出す。

『えっ⁉　ぺ、ペルップ先生のお店に……？』

そして、ここで寝るのが恥ずかしいという。

（あ）

レイゼルはドキッとした。

（もしかしてピリナ、ペルップのこと……？）


また明日来る、と言ってピリナが帰った後、ペルップが起きてきたのは夕方だった。

「おー、レイゼル、なんか美味そうなもん作ったなー」

甘いスープの入った小鍋をのぞくペルップに、レイゼルはうなずく。

「うん。ピリナを呼んで一緒に食べたの」

あの後も色々と話をしたが、彼女は大工の家の娘で、八人きょうだいの七番目だそうだ。トラビ族は多産である。

「それでね……」

先ほどのピリナの様子を、レイゼルはペルップに話してみた。

彼は首を傾げる。

「冬に眠れないっていうのは、変だなぁ。夜の寝方も、聞く限りでは良くない」

「やっぱりそうよね、私も変だと思ったの。それに、色々考え込んでしまって、眠らなくちゃって
いう焦りもあってますます眠れなくて……でしょ」

レイゼルは言う。

「不眠症、かもしれないよね」

ピリナの様子は、精神的なものから来る不眠症の症状に思える。

「そういう時は、無理に眠ろうとしない方がいいと思って。ここに来てもらって、ペルップの本、
読ませてあげてもいい？」

「もちろんいいぞ！」

「それとペルップ、アイドラの果実があったでしょ？　トラビ族にも効くよね」

「あぁ、うん。酒で成分を抽出してある。もしかして、不眠に効く薬草茶を作るつもりか？」

「うん。今度来た時にピリナに話してみて、夜に自分の家で飲めるように持って帰ってもらったら
どうかと思うんだけど」

「あー、それもいいけど、昼間にここで飲むのもいいかもな」

彼はヒゲを動かす。

「夜以外に一つ時間を決めて、その時間にここで飲んで寝る、ってのを習慣づける！」

昼間もずっと眠ろうと努力し続けて、焦ってしまう状態なのであれば、眠る時間を絞ろうという

わけである。

しかも、自宅以外で。

(色々な場所で寝るトラビ族ならではだよね。人間族とは勝手が違うから難しいな。私は調薬だけ協力して、あとはペルップに任せよう)

レイゼルは思いながら、提案する。

「アイドラに、ジオレンの皮やケッシーを合わせたらどう？　トラビ族も馴染みがあるでしょ」

「おぉ、いいな。リョウブも入れるか。あと、そうだなー」

熱心に考え始めるペルップを見ながら、レイゼルは自分の薬草茶をすする。

(でも、ここで寝る、かぁ。原因がアレだとしたら、どうなのかな)


ひょっとして、ピリナはペルップに恋しているのではないか。

レイゼルは、そんな風に考えていた。

もしそれが不眠の原因なら、どうなるのか。

(ずっと悶々としてたなら、店に来て本人の近くで過ごしてみるのも手……なのかな。荒療治かしら。恋してる時にどうするかなんて、学校では習わなかったわ)

ちょっと困るレイゼル。

ふと、脳裏にシェントロッドの顔が浮かぶ。

（わぁ。どうして隊長さんのこと思い出したんだろ。あ、そういえば、リーファン族は恋すると、どんな風になるのかな）

彼女にはどうにも、シェントロッドが恋に悩んで眠れない様子などは想像できない。

（とにかく、ピリナについては、やってみてからだ！）

レイゼルはひとり、うなずくのだった。

翌日、ピリナは再びペルップの店にやってきた。

「眠れない時に飲む薬草茶？　ぜひ欲しいわ！　何が入っているの？」

ピリナは詳しく聞きたがり、作るところも見たがるので、レイゼルは彼女の目の前で薬種をひとつひとつ説明した。そして、実際に煎じてみる。

「うーん、この、鼻に抜ける感じ、何かしら？　ちょっと苦手」

鼻にしわを寄せるピリナに、レイゼルはうなずいた。

「なるほど、じゃあ薬種を変えてみましょ」

「いいの？」

「もちろん。他にも、眠れない時に使える薬種はあるからね。ピリナがいい香りだと思う薬種が、一番ピリナに必要な薬種なんだと思う。そういうものなの」

そこへ、外出していたペルップが帰ってきた。

「また雪が降ってきたぞ。おー、ピリナ」

「あっ、ペルップ先生！　こんにちは！」

彼と話す時は、少し緊張した様子を見せるピリナである。

レイゼルはまじまじと彼女を観察してみるのだけれど、やはり人間族と勝手が違って、心情は読みとりにくいのだった。


それから、ピリナは毎日決まった時間に来て、薬草茶を飲むようになった。

ペルップが起きている時は、三人で会話することもある。そんな時、ピリナはやはり少し緊張している様子ではあったが、ペルップに薬種のことを質問している。

（不眠症の薬草茶が、話しかけるきっかけになっている……？　いいことなんだよね？）

レイゼルにはまだ、判断がつかない。

レイゼルとピリナの二人で、露天風呂に浸かることもある。レイゼルがベッドで横になっている時は、隣のベッドでゴロゴロしてもらっておしゃべりする。

そんな風に過ごすうちに、ピリナはレイゼルとの時間をリラックスして過ごせるようになった。

薬草茶を飲んで、ベッドに腰かけてそれぞれ本を読んだり、のんびりと話をしているうちに、少しウトウトする時間もでき、そしてそんな時間が増え始めた。

「ピリナ、毛並みが艶々してきてない？」

レイゼルが褒めると、ピリナは嬉しそうにヒゲをぴこぴこさせた。

けれどやはり、ベッドのある部屋や風呂でならウトウトしても、ペルップのいる店部分ではほんのり緊張して、眠れない様子である。家で夜に眠る時も、やはり眠りにくいようだ。


「ねぇ、ペルップ」

レイゼルは、ピリナのいない時に聞いてみた。

「トラビ族の結婚って、どんな感じなの？　人間族だと、私の年頃の女の子は結婚する人が多いんだけど」

「んー、結婚するのは半分くらいかなぁ。自然に任せるというか」

「自然に？」

「気の合う相手と出会って、子どもができたら、一緒に暮らすって感じかなぁ」

「そうか、結婚が先じゃないんだ」

ここでも、種族差を感じるレイゼルである。

ペルップはぐひひと笑った。

「オレは今のところ、そういう相手と出会ってないけど、村の外には割と出る方だから、どっかで出会いがあるかもな！」

「そ、そうだね！」

レイゼルはうなずきながら、

（あぁ……ピリナはペルップの眼中にない感じだよ）

と、ちょっと彼女に同情するのだった。


ある日、やってきたピリナは、再び調子が悪そうだった。

「昨日の夜、眠れなくて」

「えっ、何かあったの？」

「そうじゃないけど……」

ピリナはうつむき、ちらりと視線を横に走らせた。

板間の隅で、今日はペルップが眠っている。

「……ペルップと、何かあった？」

レイゼルがおそるおそる聞くと、ピリナは口ごもる。

「ううん……ええと……」

「うん？」

「あのね」

彼女は、思い切ったように顔を上げた。

「私、ペルップ先生に、話してみようと思って。そのことを考えていたら眠れなかったの」

「えっ」

レイゼルはドキーンとして、その衝撃で一瞬めまいがした。

作業台に手をついたレイゼルを見て、ピリナが心配する。

「だ、大丈夫？」

「あっ、大丈夫大丈夫。えっと、話してみるっていうのはつまり」

聞こうとした時、「んがっ」という声がした。

ペルップが、毛布の中で「うーん」とうなり、もぞもぞと動いている。

「あっ、ペルップが起きそう。あの、じゃあ私、席を外すね」

「えっ、どうして⁉　レイゼルもいて！」

ピリナはしっかりと、レイゼルの片手を握った。

「いやあの、でも私、お邪魔じゃ」

レイゼルは焦る。

（嘘ぉ、だって、愛の告白をするんでしょう⁉　私、ドキドキしすぎて身がもたないかも！）

もしペルップがピリナの気持ちに応えたとしても、今レイゼルがドキドキのしすぎで倒れたら、二人の幸せに水を差すのでは？　と、レイゼルは困るやら混乱するやら。

しかし、すでに遅い。

「おー、ピリナ、来てたのか。んー」

ペルップが毛布から出てきて、伸びをした。

レイゼルの手を握るピリナの手に、力がこもる。

「あのっ、ペルップ先生！」

「んん？　どした？」

ペルップがひょこひょこと、二人に近づいて立ち止まる。

（ひゃーっ）

盛大に目を泳がせるレイゼル。

「実は、私っ」

ピリナは、ぎゅっ、と目をつむり、声を張った。

「私も、薬草茶のお店をやりたいの！　王都の薬学校の試験を受けたいんです！」

「……へ？」

レイゼルは目をぱちぱちさせた。

ピリナは一気に続ける。

「王都で学んできたペルップ先生、すごくかっこよくて、憧れてたんですっ。私の師匠になってくれませんか!?」

「おー、いいぞ」

ペルップは、拍子抜けするくらいあっさりと答えた。

「ピリナは勉強熱心だもんな。オレを見て薬草茶の店やりたいと思ってくれて嬉しいぞ」

「でも、王都に行くかもってなったら、両親に反対されるんじゃないかって心配で。昨日はそのことばっかり考えて、眠れませんでした。先生、両親に話すので、ついてきてくれませんか⁉」

「おー、いいぞ」

ペルップはどこまでも軽い。

「ありがとうございます！　……レイゼル！」

ピリナはレイゼルに向き直り、両手でレイゼルの手をもう一度、握り直した。

「ありがとう！　あなたが誘ってくれたおかげで、ここであなたや先生の仕事を見ることができて、決心が固まったの！」

「そ、そうなの？　よかった」

半ば呆然としながら、レイゼルはうなずいた。ピリナは目を細めて笑っている。

「さすがに、師匠になる人がお仕事している時は見ていたくて眠れなかったけど、あなたと一緒に休ませてもらって助かったわ！　じゃあ、行ってくるわね！　先生、お願いしますっ」

「うん。でもお前の両親、起きてるかなー」

ペルップとピリナは、二人して尻尾をふりふり、外へ出て行った。


「……なんだぁ……！」

レイゼルはへたへたと、板間に座り込んだ。

（そうよね、勉強家だってことはわかってたし、薬草茶にもすごく興味を持ってたじゃない。ペルップに対する気持ちは、恋じゃなくて、憧れや尊敬だったのね！）

「やだもう、私ったら、勘違い！」

自分が恥ずかしくなってきて、レイゼルはじっとしていられずに土間をぐるぐると歩き回った後、薬草棚に駆け寄った。そして、ちゃっちゃと薬草茶を調合して煎じ始める。身体の中の熱を下げるためのものでもある。

そこへ、

「レイゼル」

と声がかかった。

「ひゃあ！」と振り向くと、戸口をくぐってきたのはシェントロッドである。

彼は眉を顰(ひそ)めた。

「様子を見に来たが、顔が赤いな。熱が出たのか」

「ち、違います、ええと……聞かないでください」

ますます真っ赤になって目を回しそうになったレイゼルは、へたへたと段差に腰かけた。

急いで近づいてきたシェントロッドは、険しい顔になる。

「相当、具合が悪そうだな。だいぶ良くなったと思っていたんだが……。横になった方がいいだろう。ベッドに運んでやる」

今にも抱き上げようと屈み込むシェントロッドを、レイゼルは急いで止める。

「大丈夫です！　ええと、薬草茶がもうすぐできるので。飲んだら大丈夫なので、本当に」

ぱたぱたと手で顔を扇ぎつつ、何となく彼の顔もまともに見られないレイゼル。

シェントロッドはいぶかしげに、そんな彼女を見つめるのだった。

そして。

季節は少しずつ、春へと向かっていた。

「あっ。ペルップ、見て！」

森の中、もこもこに着込んだレイゼルは、少し開けた場所を指さした。

うっすら積もった雪の間から、春の訪れを告げるウィエロの花の黄色いつぼみがのぞいていたのだ。このつぼみは、食べることができる。

「おー、春の味覚！　冬がようやく終わるな！」

ペルップはヒゲをぴこぴこ動かした。レイゼルはうなずく。

「私の体調も戻ったし、そろそろ、アザネ村に帰る支度をしなくちゃ」

「もっといてもいいんだぞー？」

「ありがとう！　でも、村の人たちが薬草茶を待ってるもの」

温泉と薬草茶のおかげで、レイゼルの具合は以前と同じくらい良くなっていた。

虚弱体質な彼女が以前と同じであることを「良い」と言っていいのか疑問だが、とにかく朝はちゃんと起きることができるし、こうして薬草採取に森に出かけることもできる。

「ジオレンの皮とか、こっちで採れる薬種を、持てるだけ持って帰れよな」

「嬉しい、ありがとう！　あ、見つけた」

レイゼルは手にした杖で、木の根本をつついて声を上げる。

「リョウブだわ」

杖は仕込み杖になっていて、先の部分を外すと大きな針が現れる。針でつついた時の感触で、そこにキノコの一種であるリョウブがあるかどうかわかるのだ。地表に出てこないリョウブを探すための知恵である。

このあたりは低いとはいえ山の中なので、よたよたしているレイゼルには、杖としても使える道具はとても助かるのだった。

土の塊のようなリョウブを掘り起こしてカゴに入れると、レイゼルは立ち上がりながら言った。

「でも、レッシュレンキッピョン村は本当にいいところだったから、離れがたいよ」

「いや、もう帰ってこい」

いきなり低い声がして、レイゼルは「えっ⁉」と飛び上がった。

振り向くと、立っていたのはもちろん、長い緑の髪にとがった耳の長身軍服男。

界脈士シェントロッド・ソロンである。

彼は、ややうんざりした声で言った。

「ヨモックもジニーもナックスもシスター・サラも、レイゼルはまだか、いつ戻るのかと、いいかげんうるさい。あと数日もすれば、南側の斜面は雪が解けて馬車で通れるようになる。ルドリックが十日後に迎えに来るから、荷物をまとめておけ。それを言いに来た」

「あっ、はいっ！　十日後ですね！」

「そうか十日後かー！　ピリナが泣くな」

ペルップはぐひぐひと笑った。

現在、両親の許しを得てペルップの助手をしているピリナは、レイゼルとすっかり仲良くなっているのだ。

レイゼルはちょっとうつむく。

「私も、泣いちゃうかも」

「今生（こんじょう）の別れではないだろう。とにかく、十日後だからな」

念を押したシェントロッドは、レイゼルの背負いカゴをひょいと奪って肩にかけた。ペルップの店まで運んでくれるつもりらしい。

先に立って歩き出すシェントロッドに続きながら、レイゼルはペルップにささやく。

「ピリナに引き留められたら、ペルップ、説得を手伝ってね」

「わかってる。当日はリーファンの隊長さんも来るのかな？」

「さぁ……」

「来ない方がいいと思うぞー」

ペルップはまた、ぐひっと笑う。

この冬、時々様子を見に来ていたシェントロッドにピリナも会っているのだが、彼女にはどうにもシェントロッドがレイゼルに「偉そうに」接しているように見えるらしい。それで、シェントロッドに、というかリーファン族に、あまりいい印象を持っていない。

彼が迎えになど来ようものなら、ピリナがよけいに引き留めそうだと、ペルップは言っているのである。

リュリュとはまた別の事情で、レイゼルの友人に反感をかっているシェントロッドであった。


それから数日の間に、レイゼルは荷物をまとめたり、仲良くなったトラビ族の村人たちに挨拶をしたり、ペルップと冬の間に共同研究した薬草茶の資料をまとめたりして過ごした。もちろん、温泉も今のうちに堪能する。


そうして、七日が経った。

レイゼルは一日に二回、露天風呂に入るのを習慣にしている。その日も、朝風呂に入ってほかほかになって出てきた。

「ふー、いいお湯でした！　ペルップ、プルパの葉のお湯、温まってすごくいい……」

「店主」

「ひゃっ⁉」

土間でシェントロッドが待ち構えていたので、レイゼルは驚いた。ペルップと立ち話をしていたようだ。

かまどの前にはピリナがいて、薬草をすり潰しながら、横目でじっとりとシェントロッドをにらんでいる。

「隊長さん、どうしたんですか？」

「ああ」

彼は眉根にしわを寄せている。

「悪いが、少し、この村を出るのを早めてくれ。店主の助けがいる」

その言葉に、レイゼルはサッと緊張した。

「アザネ村で、何かあったんですか？」

「いや、違う。……リーファン族だ」

言いにくそうにしているシェントロッドに、レイゼルは「はい？」と首を傾げた。

彼はようやく、はっきりと言う。

「一緒に、ゴドゥワイトに来てほしい。ゴドゥワイトで、店主の力を借りたい事態が起こった」

「み、湖の城に……？」

『湖の城』ゴドゥワイト。齢（よわい）五百のイズルディアが治める、リーファン族の大集落である。

このレッシュレンキッピョン村から近いと聞いたので、レイゼルも一応、だいたいの位置を地図で確認していた。山を回り込んだ向こう、西から東へ流れる川が流れ込む湖だ。

「イズルディア殿の客として、人間族が来ていたんだが、その人物の具合が悪いらしい。内々に治療したいそうだ」

彼の言葉に、レイゼルはひるむ。

「内々にっていうのは、誰かにバレるとまずい、ということですか？　な、なんだか複雑そうですね……」

ピリナが口を挟む。

「どうしてレイゼルなんですか？　人間族のお医者様を呼んだらいいじゃないですかっ」

「おそらく、界脈流に問題がある」

シェントロッドが答えると、レイゼルは表情を引き締めてうなずいた。

「わかりました。行きます」

「レイゼル！」

ピリナが駆け寄ってくる。

「薬草茶での治療は一日二日で終わらないわっ。ゴドゥワイトなんて、ここやアザネ村ともまた全然違うのに、そんなところで何日も過ごしたらレイゼルも具合が悪くなるかもしれないじゃない！」

「でもね、ピリナ」

レイゼルはピリナの手を握る。

「私、ゴドゥワイトのイズルディア様には、お世話になってるんだ」

貴重な薬種であるサキラを、シェントロッド経由で何度かレイゼルの店に回してくれた。その恩を、レイゼルは忘れていない。

以前シェントロッドに、『もし、私で何か領主様のお役に立てることがあれば、遠慮なく言ってくださいね』とも伝えてあった。……十倍の恩返しができるかどうかは、ひとまず置いておいて。

「恩返しできる時が来たんだと思う。たまたま近くにいるのも、何かの縁かも。行くわ」

「…………」

ピリナはいったん、黙り込む。そしてまた、顔を上げた。

「……じゃあレイゼル、もし具合が悪くなったら、ゴドゥワイトからアザネに戻らないで一度こっちに来て！　また温泉で治すのよ！」

「わかった、具合が悪くなったらそうさせてもらうね」

レイゼルは約束した。そして、シェントロッドを見る。

「すぐに出ますか？　あ、でも三日後にはルドリックがここに」

「ルドリックには今、知らせてくる。荷物をまとめておけ」

シェントロッドは言って、扉から外へ出るなり姿を消した。

ペルップが耳を揺らす。

「必要な薬種は持って行け。レイゼル、頑張れよ！」

「ペルップ、本当にありがとう！　あわただしくてごめんね」

　つい目を潤ませてしまうレイゼルだった。


　戻ってきたシェントロッドに、患者のだいたいの様子を聞き、必要そうな薬種をペルップの店の在庫から分けてもらう。

　そして二人がペルップの店を出る時には、どこからどう伝わったのかトラビ族がぞろぞろと見送りに出ていた。

　彼らは段々畑を上り、尾根道までついてきてくれる。

「この村、こんなにトラビ族がいたのか」

　ぞろぞろ具合に、少し驚いているらしいシェントロッドである。

　初めてルドリックとレッシュレンキッピョン村に来た時、馬車を停めたあたりに、真っ白な馬が二頭、鞍をつけた状態で待っていた。

「え、この馬って」

「ゴドゥワイトの民の、いわば友だ。湖の周辺で、群を作って暮らしている」

　シェントロッドは淡々と説明する。

「ゴドゥワイトに行くのに、俺一人なら界脈を使えるが、今回はそうもいかないからな。説明して力を借りることにした」

「でもあの、私、一人で乗馬ってしたことがなくて、どうしたら」

「彼らがゴドゥワイトに連れて行ってくれる。黙って乗っていろ」

「うう、はい」

レイゼルは馬にそーっと近づいて、挨拶する。

「綺麗……。乗せてくれるの？　よろしくお願いします」

輝く長いたてがみを持つ、すらりとした二頭の馬は、ブルルと鼻を鳴らした。

レイゼルを一頭の背に乗せ、その後ろに荷物を乗せてから、シェントロッドももう一頭に乗る。

ペルップとピリナを先頭に、トラビ族たちがわいわいと声を上げた。

「レイゼルの薬草茶、助かったよ！」

「気をつけてな！　身体を大事にしろ！」

「また絶対来てね！」

「お世話になりました！　皆さんも元気でね！　ペルップ、ピリナ、ありがとう！」

しっかり着込んだレイゼルは、ミトンをはめた手を振って、彼らにお別れをした。

道はカーブしていて、馬が歩き出すと、すぐにトラビ族たちの姿は見えなくなってしまった。

馬はやがて、速足になる。

「わ、わっ。あのっ、ちょっと、これ私、やっぱり無理かも」

揺れるので、鞍の上で身体が跳ねてしまい、レイゼルはあわてたが――

――すぐに、どこかふわふわっとした揺れ方に変わった。

「この馬たちも、界脈と共に生きている。リーファン族ほどではないが、彼らなりに気脈に乗ることができる」

隣を行くシェントロッドの解説に、レイゼルは感心した。

「そうなんですね！　まるで、川を小舟で進んでいるみたい」

「お前に無理をさせるつもりはない。休憩は取る」

シェントロッドは言いながら、前方を見つめる。

本当は、レイゼルが眠っている時に界脈を通って彼女を運んでしまうのが早い。しかし、そのためには二人の界脈流を寄り添わせる必要がある。

レイゼルがレイであると知ってしまったことを、シェントロッドは彼女に知られたくなかった。

だから彼は、そんな移動方法があることさえ、彼女には言えないでいた。


普通の馬が走るような速さで、リーファンの友である馬たちはゆったりと足を動かしながら、滑るように進んでいった。

番外編一　レイゼルにお見舞いを～たっぷりの野菜と花と、それから～

番外編二　夜の薬学校の冒険～アイドラの果実は危険な香り～

番外編一　レイゼルにお見舞いを　～たっぷりの野菜と花と、それから～

アザネ村の薬草茶店の店主、レイゼル・ミルは、療養のためトラビ族のレッシュレンキッピョン村に行ってしまった。

それから一週間後の、アザネ村である。

週に一度、シェントロッド・ソロンはアザネ村代表として、レイゼルの様子を見に行くことに決めている。

そんな彼は、レッシュレンキッピョン村に行く最初の日の朝、先に彼女の店に寄った。

店主が留守にしている店の、扉を開けてのぞいてみる。本格的な冬を迎え、粉雪の舞うこの朝、かまどに火もなく店は冷え切っていた。誰もいない空間に、水車の回るギイギイパシャパシャという音だけが響いている。

「…………はぁ」

勝手に、ため息が出てしまった。

しかし、裏の菜園に人の気配がある。

「ああ、ソロン隊長、こっちこっち！」

外から回ると、菜園を囲むまばらな木々の合間から、揚げ物店のおかみであるノエラが顔を出した。彼を見つけて手招きする。

昨日、シェントロッドは彼女から、

「レイゼルに持って行ってほしいものがあるから、明日の出発前にレイゼルのお店に寄ってくださる？」

と言われていたのだ。

シェントロッドが植えられた野菜の合間に足場を見つけて踏み込むと、ノエラは彼に背を向けて屈んでいた。そして、「よいしょっ」というかけ声と共に身体を起こし、彼の方を振り向く。

「はい、これ！」

反射的に、彼女の身長に合わせて屈み、両手を出す。

ずしん、と載ってきたのは、木箱だ。中には、様々な野菜がぎっしり詰まっていた。

「せっかくレイゼルが菜園で育てたものを、ほったらかして枯れさせたらもったいないからね。トラビ族の村でも野菜は食べるでしょ、持って行ってくださいな！」

ノエラはニコニコと言う。

シェントロッドは身体を立て直し、箱の中身に目を走らせた。

「……それにしては、何やら瓶詰めも入っているし、こっちの紙包みからは薫製（くんせい）の匂いがするが」

「村のみんなからのお見舞いですよ。栄養をしっかり摂らないとね！　こっちは村長からで、こっちはシスター・サラ、あとこっちは……」

「伝えておく」

シェントロッドは軽くため息をつくと、木箱を持ち直した。

「では、行ってくる」

「レイゼルの様子、しっかり見てきてくださいよ！　トラビ族のお友達にも話を聞いて！」

「ああ」

「泊まっている部屋も確認して！　足りないものがあれば聞いて！」

「わかったわかった」

短く返事をした彼は踵を返し、店を回り込んで小川に向かった。これだけ荷物があると、気脈よりも水脈の方が移動が楽だ。

（やれやれ。レイゼルのところに行くたびにこの調子か。次はもっと荷物が増えそうだ、これ以上増えたら一度では運べないと、村人たちに言っておかなくては。……分けて運べと言われるだけかもしれないが）

危機感を覚えるシェントロッドである。


しかし二週目、心配するほど荷物は大きくなかった。店の菜園で収穫できるものが少なくなってきたこともある。

だがしかし、それなりの量が詰まった木箱を持って、シェントロッドは言った。

「では、行ってくる」

「レイゼルの様子、しっかり見てきておくれよ。あれから良くなってるかどうか、ちゃんと食べてるかどうか、眠れてるかどうか！」

その日は、金物店のおかみのジニーが菜園の収穫に来ていて、シャントロッドに注意事項を並べ立てた。

そして、ふと言う。

「そういえば、ソロン隊長はレイゼルに持って行ったのかい？」

「あ？　何をだ」

木箱を持ったままでシェントロッドが聞き返すと、ジニーは丸い顔の目と口を「えぇ？」と丸く開けてから、ため息混じりに首を振った。

「お・見・舞・い！　ソロン隊長が何かレイゼルに持って行ってやったら、レイゼルが喜ぶに決まってるじゃないか。気が利かないねぇ」

（見舞いの、品……？）

考え込むシェントロッド。

リーファン族も、当たり前のことながら怪我や病気をするので、そんな相手を見舞う文化はもちろんある。種族柄、食べ物はあまり持参せず、花を持っていくことが多かった。

今回、相手は人間族のレイゼルだが、食べ物はこれ以上増やしてもしょうがない。いつもレイゼルと差し向かいでスープを食べている彼は、彼女が小食なのも知っている。

（とすると、やはり花か？）

そして、冬に花を手に入れるには……

「……ゴドゥワイトにならあるかもしれないな」

「え？」

「いや。見舞いに持って行くものというのは、ちょっとしたものでいいのだろう」

「もちろん。気持ちだよ、気持ち」

「わかった。次までに考えておく」

淡々と言って、シェントロッドは小川から界脈に入った。

「本当にわかった⁉」

かすかにジニーの声が聞こえ、すぐに遠のいた。


三週目の見舞いの前日、シェントロッドはロンフィルダ領最大のリーファン族集落であるゴドゥワイトに行った。

「花なら、湖の南の岸に咲いてますよ」

馴染みの薬草店で聞いてみると、店員が教えてくれる。

「冬なので種類は少ないですけどね。見舞いなら、リアリアの花なんていいんじゃないですか」

「ありがとう。ああ、その紙を一枚くれるか」

「これですか？　どうぞ」

薬草を包む紙を一枚、店員からもらって、シェントロッドは湖の南岸に向かった。見ると、小さな葉がもっさりついた茂みに、薄い青の丸っこい花弁を持った花が、星のようにキラキラと咲いている。リアリアの花だ。

シェントロッドはナイフで数本切り取ると、無造作に束ね、さっき店でもらった紙で包んだ。剥き出しの状態よりは何かで包んだ方が、という彼なりの気遣いなのだが、ジニーあたりが見たら「お見舞いの花を、薬包に使う紙で包むなんて！」とどやされそうな無神経具合である。

（さて）

行こう、と振り向いた時、シェントロッドの目にとまったものがあった。

縁がギザギザになっている濃い緑の葉、そしてその葉の根本に赤い小さな実が固まってついていた。ヒヒラグエスという木である。

（そういえば……）

シェントロッドはふと、以前レイゼルと交わした会話を思い出した。

（ジゼの枝のお守りをもらった時、この木の話をしたな。これも、療養に行っている彼女には相応しいかもしれない）

手を伸ばし、ヒヒラグエスの細い枝を選んで折りとる。

彼はしばし時間をかけ、枝に手を加えた。葉の縁がチクチクと彼の手を刺したが、やがて思った通りの形になった。

「……よし。行くか」

彼は今度こそ、移動を開始した。

ゴドゥワイトの船着き場に戻り、そこに置きっぱなしにしていた木箱に、摘んできたものを入れる。

そして、木箱を抱え上げ、界脈に乗った。


レッシュレンキッピョン村の薬湯の店に到着してみると、店の扉の脇に木の板が立てかけてあった。見ると、板には何か絵が描いてある。トラビ族がカゴを持って歩いている絵だ。

（ああ……店主のペルップが採取に行っている、という印か）

トラビ族は識字率があまり高くない、というのは、シェントロッドも知っていた。絵でわかるようにしてあるのだろう。

ひとまず中に入り、声をかける。

「レイゼル」

——返事はない。リーファン族の耳をもってしても、家の中で誰かが動く物音はしなかった。

（そういえば、最初にここに来た時、村の浴場にいたな）

土間に木箱を置いて、シェントロッドは外に出た。

岩棚に刻まれた階段を降りていくと、広い公衆浴場がある。トラビ族たちのほとんどが、耳と目と鼻だけを水面（湯面？）から出して、ウトウトしながら暖を取っていた。

そしてそこに、レイゼルの姿もあった。以前のように、岩の縁に腰かけて足だけを温泉に浸け、何人かの起きているトラビ族と話をしている。

「レイゼル」

「あっ、隊長さん」

顔を上げたレイゼルは、とても顔色が良かった。シェントロッドは内心ホッとしながら近寄る。

「湯治の効果が出ているようだな」

「はい、私、ずいぶん起きていられるようになったんですよ！　でも、村のトラビ族たちは寝ちゃうんですけどね？」

彼女が少しおどけた風に言うと、起きていたトラビ族がドッと、いや、ぐひひ！　と一斉に笑った。今の言葉はツボだったらしい。よくわからない。

「もう戻りますね、お茶を淹(い)れます」

レイゼルは細っこい足をサササッと拭くと、靴下とブーツを履いて立ち上がった。トラビ族たちに手を振って、シェントロッドに駆け寄ってくる。

「走るな」

「はいっ」

シェントロッドは彼女のペースに合わせて歩きながら、言った。

「アザネの村人たちに、今日も色々と持たされたぞ」

「嬉しい。私も嬉しいですけど、ペルップも喜びます。よく食べるので」

まるで、レイゼルとペルップが所帯を持っているかのような台詞(せりふ)である。

「…………」

（そういう関係ではないと、わかってはいるが、変な感じだな）

シェントロッドは咳払いをした。

「今日は、俺も持ってきたものがある」

「え、何ですか？」

「まあ、見舞いの品だな」

そのタイミングでちょうど、ペルップの店の前にたどり着いた。

レイゼルが先に扉を開ける。

「どうぞ。……あら？」

土間に置かれた木箱のところで、トラビ族の子どもが二人、こちらを振り返った。

二人とも、口をもぐもぐさせている。

レイゼルは腰に両手を当てた。

「こら。勝手に食べたらダメ。ちゃんとペルップ先生に聞いてからにして？」

「はぁい」

「ごめんなさーい」

ちょろちょろと足下を駆け抜けて外に出ようとする二人を、レイゼルが「ちょっと待って」と抱きとめた。

木箱の脇に落ちていた紙に目を留め、彼女は真剣な表情になる。

「これ、薬の包み紙よね？　何を食べちゃったの？」

彼女は、てっきりいつものように箱の中身は野菜だと思っていたが、その紙を見てギョッとしたようだ。

「お花ー」

「青いお花ー」

きゃっきゃしている子どもたち。

シェントロッドは苦笑した。

「リアリアの花が一番上に載っていたんだ。それだろう」

「リアリアの花……それなら、食べても害はなさそうですね。あぁよかった、もし薬草だったらって……量によっては毒になってしまうし」

レイゼルは心底ホッとしたようなため息をつき、二人を解放した。二人は楽しそうに、たったか外へ出て行く。

「珍しいお花なのに、もったいなかったわ……誰が入れてくれたのかな。しかも薬包紙に包んで。……あ、隊長さん」

立ち上がった彼女は、シェントロッドを見上げてにこりとする。

「そういえば、何か持ってきてくださったんですよね。何ですか？」

彼がレイゼルに花を贈る可能性など、カケラも考えていない顔である。

（こいつは。……まぁ、もう一つ用意しておいてよかった）

シェントロッドは屈みこむと、木箱の隅に挟んであったものを取り出した。

「俺が秋に出張に行く前、魔除けの話をしたのを覚えているか？　長旅に出る者に渡すというジゼの枝の守りを、お前にもらった時だ」

「あぁ、はい。確か、リーファン族にも似たような魔除けがあると」

「それが、これだ」

トゲのある葉をつけたヒヒラグエスの枝を、輪にしたものだ。赤い実も、まるで飾りのようについている。

レイゼルは、灰色の瞳の目元をふんわりと染めて、輪をじっと見つめた。

「かっ、可愛い……トゲトゲなのに……」

「ジゼの枝を、無事に戻ってこれるように輪にするなら、このヒヒラグエスの枝を輪にしたものも同じ利益(りやく)があるだろう。持っていろ」

「ありがとうございます！」

受け取ろうとするレイゼルに輪を差し出しかけて、シェントロッドは手を止める。

「手が傷つくかもしれない。どこかにかけるなら今、俺がやる」

「あっ、ええと、じゃあ」

レイゼルは寝泊まりしている部屋にシェントロッドを案内し、ベッドの四隅の棒の頭側にひっかけてもらった。

「ありがとうございます！　ふふ、このお守りが、私がアザネに帰るまで守ってくれますね」

レイゼルは嬉しそうに彼を見上げた。そして、はっと目を見開く。

「あっ、お茶！　お茶を淹れるって言ってたのに」

ぱたぱたと台所に戻っていくレイゼルの後を追うと、テーブルの上には先ほどの薬の包み紙。

彼は板間の段差に腰かけて足を組みながら、

（花よりもトゲの方が、俺らしかったということかな。……それもどうかと思うが）

と、微妙な気分になるのだった。

番外編二　夜の薬学校の冒険　～アイドラの果実は危険な香り～

それは、レイゼルが『レイ』として、王都ティルゴットの薬学校に通っていた頃の話である。

二年次、十五歳のレイは、リーファン王軍界脈調査部での仕事を終え、ティルゴットの中心部にある広場までやってきていた。

すでに陽は落ちていたが、初夏の空気は生暖かい。虚弱体質の彼女にとっては、暑さ寒さをあまり気にしなくていい、過ごしやすい季節だ。

木製タイルの敷き詰められた広場は、飲食店や屋台に灯りが点り、食事や散策を楽しむ人々で賑やかだった。ここを突っ切って、サクサ通りという細い道に入ったところに、レイが世話になっている下宿がある。

『彼』はそちらに向かってゆっくりと歩いて行ったが――

広場の真ん中、よく待ち合わせに使われる古代樹のところで、見知った顔の二人が立ち話をしていた。

レイは声をかける。

「あれ？　ペルップ、トリーア」

「おう、レイ！」

振り向いたペルップが、長く垂れた耳を揺らした。彼と話をしていたのは人間族のトリーアで、二人ともレイと同じ、薬学校他種族クラスの友人だった。

金髪くせっ毛のトリーアは眉尻を下げ、不安そうな顔でレイを見る。

「レイ……」

「どうしたの、こんな時間に。何かあった？」

近寄って二人の顔を見比べると、ペルップが口を開いた。

「ジェーラが、家に帰ってないらしい」

「ジェーラが？」

レイは軽く目を見開く。

ジェーラもまた、他種族クラスの女子学生だ。人間族の高名な医師の娘で、成績も良く、クールな自信家。トリーアはそんなジェーラに憧れているようで、いつもくっついて回っていた。

そんなジェーラの家は門限が厳しく、日没には家に帰っていないと厳しく叱られる――という話を、レイは聞いたことがある。

「最近、放課後はいつも一緒に、王都図書館で勉強してたの」

トリーアは涙声で言う。

「でも今日、授業の後で先生に呼び止められて、お手伝いをしていて。図書館に行くのが遅れちゃって、閉館間際に行ってみたらジェーラはいなかったの。怒って帰っちゃったのかと思って、おうちまで行ってみたら……」

「いなかったんだとよ。使用人が真っ青になってて、今日はまだ両親も帰ってきてないから、急いで心当たりを捜してくれって頼まれたそうだ。使用人も叱られるんだろーなー」

ペルップがのほほんと言う。

レイは心配になった。

「え、図書館が閉まった後くらいならもう、ジェーラの家は門限だよね。いつもはちゃんと門限守ってるんでしょ？　どうしたんだろう、何か……」

「心配だけど、警備隊に届け出るにはまだ早いって、使用人が必死で止めるんだって。体面があるんだろーなー」

「それでね、私、学校に行ってみようと思って。もしかしたら、私を捜して学校に来たのかも。その後、何かあったかもしれないし。ちょうどペルップと会ったから、一緒に来てって頼んでたの」

トリーアは言い、レイに詰め寄った。

「お願い、レイも来て。ペルップだけじゃ心配だもの」

「どういう意味だ」

ペルップはトリーアを横目で睨み、

「僕なんてもっと役に立たないと思うけど」

ひょろひょろのレイは困り果てる。しかし、結局続けた。

「わかった、とにかく学校内をぐるっと呼びながら捜してみよう。それで見つからなかったら、ジェーラの家に戻って、警備隊に届けるように使用人さんを説得する。いいね？」

「うん」

トリーアは両手を握りしめながらうなずいた。

「じゃあ、行こう。ほら、どこかの教室にいる間に鍵を締められて出られないとか、物語なんかでよくある話じゃない」

「それはない」

レイが言いながら身を翻したとたん、目の前になにやら壁が立ちはだかっていた。

「えっ」

ぎょっとして見上げると――

壁のように見えたのは、長身のリーファン族。先ほど職場で別れたばかりの、界脈調査部副部長、シェントロッド・ソロンである。

「そ、ソロン副部長」

「話は聞いた。というか、通りかかったら聞こえてしまった」

耳のいいリーファン族であるシェントロッドは、三人の学生を見下ろす。

「もし教室に閉じこめられたら、お前らならどうする。大声で誰か呼ぶだろう。リーファン族の薬学校で、その声が誰にも届かないということはありえない」

「あ」

レイとペルップとトリーアは、顔を見合わせる。

確かに、耳がいいリーファン族の教師たちなら、校内で大声がしたら聞こえるはずだった。

シェントロッドは淡々と続ける。

「本人の意志で隠れてるんじゃないのか？　家に不満があって帰りたくないとか」

「ど、どうかしら……そんな様子は……なかったですけど」

トリーアは、突然の知らないリーファン族軍人の出現にビクビクドキドキしている。

シェントロッドは腰に手を当てた。

「まあいい。どうせ学校は近くだ、ついていってやる。隠れていても、物音があれば俺の耳に届くだろうしな」

「お、お願いします！」

レイはぺこりと頭を下げた。

その後ろで、トリーアとペルップがこそこそと、

「で、誰？」

「さぁ……」

などとささやき交わしているのだった。


校内の灯りもすでに、落ちている。壮麗な校舎は、闇に沈んでいた。

ペルップとトリーアがランタンを持っていたので、四人は正門から中に入った。

「警備の人とか、いないんだね」

夜に学校に来るのが初めてのレイがささやくと、ペルップが答える。

「毒草とか、貴重な薬草が植わってる薬草園のあたりにしか、警備は置いてないらしいぞ。あと、西校舎の職員室な」

「そっか。夜に入っちゃいけないような気がしてたけど、校舎にただ入るだけなら全然平気なんだ。まぁ、用事はないけど」

レイは答える。トリーアがささやき返した。

「でも、好きな人と二人で夜の学校……とか、憧れたことない？」

「好きな人と？」

「何で？」

情緒もムードもわからないレイとペルップが揃って首を傾げ、トリーアは小さくため息をついて「もういいわ」と言った。

シェントロッドが、二つの校舎の間で足を止める。

「お前たちは普段、どちらの校舎で学んでいるんだ」

「こっちの、東校舎です」

「では、東校舎をぐるっと捜そう。いなかったら西校舎に行くが、職員室の教師たちに気づかれたら、俺は事情を説明するぞ」

「わ、わかりました」

四人は東校舎に入り、一階から小声で「ジェーラ」「ジェーラ、いる？」と呼びつつ廊下を歩いていった。教室はすべて、扉が開け放たれている。

シェントロッドが耳をピンと張って、物音を探った。

「誰かいるような音はしないな」

「ジェーラ……」

トリーアがまた、涙声になる。

二階の廊下も、同じように呼びながら捜したが、人の気配はない。三階も同様だった。

「仕方ない、西校舎に行ってみよう」

渡り廊下に出るため、いったん二階に戻る。木製の橋に手すりがついたような渡り廊下に、四人は足を踏み出した。

そのとたん、ふと、ペルップが足を止めた。

「んん？」

「どうしたの、ペルップ」

レイが振り向くと、ペルップは鼻先を軽く上げてフンフンと匂いをかいだ。

「変な匂いがする」

レイもトリーアもシェントロッドも、匂いをかぎとろうとしてみたが、何も感じない。トラビ族は鼻がいいので、ペルップだけが感じ取れるような微かな匂いらしい。

「な、何？　何の匂い？」

「たぶん、何かの薬種だと思う。でも、何の匂いだったかなー……授業でやった気もするな」

「それは、ジェーラという娘に関係がありそうなのか？」

シェントロッドに聞かれ、ペルップは首を傾げた。

「うーん、わからない。もうちょっと近づいてみないと。風上から匂うけど」

四人は揃って、渡り廊下の南側を見た。そちらが風上だ。

眼下の中庭には、暗闇に沈むようにして、平屋の小屋がある。

「標本室だ」

レイがつぶやくと、シェントロッドがすぐに身を翻した。

「行ってみよう」

東校舎の一階から出て、小屋に近づいた。そこまで来たら、ペルップも匂いをはっきり感じ取れたらしい。

「あー、わかったぞ。アイドラの実だ。だいぶ揮発しちゃって残り香状態だから、よくわからなかった。何に使うんだっけ？」

レイがすぐに答える。

「リラックス効果のある果実だよ。不眠症なんかに使うやつ。そっか、標本室ならアイドラの標本もあるかも」

標本室とは、ナファイ国各地の様々な薬種が瓶に入れられ、棚にずらりと並んでいる部屋だ。学生たちはここで、薬種の香りや、ものによっては味を試す。

他にも、昔使われていた調薬用の道具などが置かれていて、展示室の役割も果たしていた。

「なぁんだ。じゃあ、薬種の匂いがするのは当たり前ね」

トリーアはため息をついたが、レイは真剣な表情で続ける。

「たくさん標本が置いてあるのに、アイドラだけ匂うの、おかしいよね」

「だな」

ペルップがうなずく。

すると、シェントロッドが先に立った。

「俺が先に行く」

彼は足音を潜め、小屋に近づく。レイたちもおそるおそる、その後に続いた。

標本室の入り口もまた閉まっていたが、鍵はかかっておらず、扉の横の窓も細く開いていた。匂いはそこから漏れているようだ。

シェントロッドは静かに扉を開け、中をのぞく。

「誰か、いるか」

静寂。

しかし、その静寂から、シェントロッドは音をつかんでいた。

「……寝息が聞こえる」

「へ?」

四人は部屋に踏み込んだ。棚が平行に何列も並んでおり、奥は見通せない。

ランタンを持ったペルップとトリーアが、それぞれ逆からぐるりと棚の合間を回っていく。レイはペルップの、シェントロッドはトリーアの後に続いた。

やがて、トリーアの声がした。

「ジェーラ！」

ペルップとレイが駆けつけると、棚の合間の床に、倒れている人影。そこにトリーアがすがって声をかけている。

灯りに浮かび上がるのは、長い赤毛。ジェーラだ。

「ジェーラ、どうしたの⁉　大丈夫⁉」

トリーアが呼ぶと、

「ん……ううん……」

ジェーラはうなった。

すぐにペルップが言う。

「血の匂いはしない。怪我はしてないぞ」

「あっ。それ」

レイが指さす。

ジェーラが倒れている場所の向こう側に、ガラスの瓶と何かの実がいくつか転がっていた。そして、床が茶色い液体で濡れている。

「アイドラの抽出剤じゃないかな」

「何だって？」

シェントロッドが聞き返す。

レイは説明した。

「アイドラの果実を、強いお酒に漬けたものです。薬種の成分って、水に漬けて抽出できるもの、油に漬けて抽出できるもの、色々あるんですけど、アイドラはお酒で抽出できるんです」

あ、とトリーアが声を上げた。

「そういえば、ジェーラはお酒に弱いのよ。授業で扱った時、クラクラするって言ってた。リーファン族は特に強いお酒を使うし……」

「おい、ジェーラとやら。非常時だ、界脈流を読むぞ」

シェントロッドがかがみ込んで、ジェーラの手をつかんだ。しばしの時間が流れる。

「……眠っているだけだな」

彼の言葉に、他の三人は胸を撫で下ろした。トリーアはまた涙声になる。

「よかった……ジェーラ……」

「トリーア、これ」

レイが近くの棚から一つの瓶を取り出し、ジェーラのそばにかがみ込んだ。

「フェドリの葉を乾燥させたのがあった。匂いをかがせて、まずはアイドラの効果を薄めよう」

トリーアはうなずき、瓶の蓋を開けてジェーラの鼻に近づけた。

ゆっくりと何度か呼吸したジェーラが、目を閉じたまま、ふと眉をしかめる。

「うーん……こぼして……ごめんなさい……」

「やれやれ。よくわからんが、とりあえず解決だな」

シェントロッドは言いながら立ち上がると、

「後は自分たちでやれ。面倒だから、そいつの親に俺のことは言うなよ」

と言ってさっさと立ち去って行った。

「あ、ありがとうございました！」

レイとペルップ、トリーアはお礼を言って見送ると、ホッとして笑みを交わした。

「ジェーラの家の馬車、呼ぼっか」


翌日、学校を休んだジェーラのところに、レイとペルップとトリーアはお見舞いに行った。

何があったのか聞くと、ジェーラはくりっとした吊り目を逸らし、まず、こう言った。

「レイに勝ちたかったのよっ」

「へ？　僕？」

レイが目を丸くしながら自分を指さすと、ジェーラはつけつけと言う。

「今度の試験こそ、レイよりいい点を取ってやろうと思ったわ。それで、標本室に教科書や参考書を持ち込んで、実際の薬種を確かめながら自主学習をしてたの」

他種族クラス首席のレイは、試験の成績もいつもトップである。ジェーラはどうやら、そんな彼に密かにライバル心を抱いていたらしい。

「ジェーラ……賢いあなたでも、そんな努力をしてたのね」

トリーアは感動したのか、目をうるうるさせた。

ジェーラはむっつりと続ける。

「でも、うっかりアイドラの瓶をひっくり返しちゃって……。お酒の匂いにアイドラの匂いが混じると、私には強すぎたのね。その場で昏倒しちゃったみたい。その……ごめんなさい。今回もだけど、いつも」

「え？　いつも？」

レイが首を傾げると、ジェーラは驚いたように目を見張る。

「気づいてなかったの⁉」

「な、何を？」

「何を、って私、あなたに勝てないのが悔しくて、いつもあなたに冷たくしてたじゃないの！　話しかけられて無視したこともあったし、嫌みを言ったこともあったわ！」

「ええ……？　そんなことあった？」

自分がいじめられていることに気づかないタイプのレイは、ある意味最強である。

ツボに入ったのか、すぐ横でペルップがお腹を抱えてぐひぐひと笑い出した。

ジェーラは顔を真っ赤にする。

「もう！　とにかくごめんなさい！　それにありがとう！　両親が帰宅する前に家に戻れたわっ。使用人たちが、私は疲れて先に眠ったってことにしてくれたの」

「いや、あの、なんか僕のせいでもあったのかな、ごめん」

「私が悪いんだから、謝らないでよっ！」

「あっはい」

ジェーラににらみつけられ、レイは反射的に返事をしたけれど、やがて微笑んだ。

「でも、昨日はすごかったな。リーファン族の耳、トラビ族の鼻、それにみんなの知っていることを合わせて、ジェーラを助けたんだ」

「うん、確かにそれはすごかったなー」

ペルップがヒゲを動かす。

「何かの機会に、全ての種族が協力し合ったら、面白いことができそうだよな！」

「うんうん！」

うなずくレイに、「そーかしら」とクールに答えるジェーラであった。


とにかく、そんなこんなで、翌日ジェーラはトリーアに付き添われ、アイドラの抽出剤の瓶をひっくり返したことを教師に謝りに行った。

そしてレイに、

「両親には内緒でお礼をしたいから、界脈調査部の繁忙期にでも、お手伝いに行くわ」

と言った。

ジェーラって律儀(りちぎ)なんだな、と思ったレイが、リーファン族の恩返しについて知るのは、それから数年後のことになる。

薬草茶を作ります
お腹がすいたらスープもどうぞ
2

薬草茶を作ります 2

～お腹がすいたらスープもどうぞ～

＊本作は「小説家になろう」（https://syosetu.com/）に掲載されていた作品を、大幅に加筆修正したものとなります。
＊この作品はフィクションです。実在の人物・団体・事件・地名・名称等とは一切関係ありません。

2020年4月20日　第一刷発行

著者 …………… 遊森謡子

イラスト …………… 漣 ミサ
発行者 …………… 辻 政英
発行所 …………… 株式会社フロンティアワークス
〒170-0013　東京都豊島区東池袋3-22-17
東池袋セントラルプレイス5F
営業　TEL 03-5957-1030　FAX 03-5957-1533
アリアンローズ公式サイト　http://arianrose.jp
フォーマットデザイン …………… ウエダデザイン室
装丁デザイン …………… 鈴木 勉（BELL'S GRAPHICS）
印刷所 …………… シナノ書籍印刷株式会社